AF672946

Gröls Verlage

„Bücher sind wie Fallschirme. Sie nützen uns nichts, wenn wir sie nicht öffnen."

Gröls Verlag

Redaktionelle Hinweise und Impressum

Das vorliegende Werk wurde zugunsten der Authentizität sehr zurückhaltend bearbeitet. So wurden etwa ursprüngliche Rechtschreibfehler *nicht* systematisch behoben, denn kleine Unvollkommenheiten machen das Buch – wie im Übrigen den Menschen – erst authentisch. Mitunter wurden jedoch zum Beispiel Absätze behutsam neu getrennt, um den Lesefluss zu erleichtern.

Um die Texte zu rekonstruieren, werden antiquarische Bücher von Lesegeräten gescannt und dann durch eine Software lesbar gemacht. Der so entstandene Text wird von Menschen gegengelesen und korrigiert – hierbei treten auch Fehler auf. Wenn Sie ebenfalls antiquarische Texte einreichen möchten, finden Sie weitere Informationen auf www.groels.de

Viel Freude bei der Lektüre wünscht Ihnen das Team des Gröls-Verlags.

Adressen

Verleger: Sophia Gröls, Im Borngrund 26, 61440 Oberursel

Externer Dienstleister für Distribution & Herstellung: BoD, In de Tarpen 42, 22848 Norderstedt

Unsere „Edition | Werke der Weltliteratur“ hat den Anspruch, eine der größten und vollständigsten Sammlungen klassischer Literatur in deutscher Sprache zu sein. Nach und nach versammeln wir hier nicht nur die „üblichen Verdächtigen“ von Goethe bis Schiller, sondern auch Kleinode der vergangenen Jahrhunderte, die – zu Unrecht – drohen, in Vergessenheit zu geraten. Wir kultivieren und kuratieren damit einen der wertvollsten Bereiche der abendländischen Kultur. Kleine Auswahl:

Francis Bacon • Neues Organon • **Balzac** • Glanz und Elend der Kurtisanen • **Joachim H. Campe** • Robinson der Jüngere • **Dante Alighieri** • Die Göttliche Komödie • **Daniel Defoe** • Robinson Crusoe • **Charles Dickens** • Oliver Twist • **Denis Diderot** • Jacques der Fatalist • **Fjodor Dostojewski** • Schuld und Sühne • **Arthur Conan Doyle** • Der Hund von Baskerville • **Marie von Ebner-Eschenbach** • Das Gemeindekind • **Elisabeth von Österreich** • Das Poetische Tagebuch • **Friedrich Engels** • Die Lage der arbeitenden Klasse • **Ludwig Feuerbach** • Das Wesen des Christentums • **Johann G. Fichte** • Reden an die deutsche Nation • **Fitzgerald** • Zärtlich ist die Nacht • **Flaubert** • Madame Bovary • **Gorch Fock** • Seefahrt ist not! • **Theodor Fontane** • Effi Briest • **Robert Musil** • Über die Dummheit • **Edgar Wallace** • Der Frosch mit der Maske • **Jakob Wassermann** • Der Fall Maurizius • **Oscar Wilde** • Das Bildnis des Dorian Grey • **Émile Zola** • Germinal • **Stefan Zweig** • Schachnovelle • **Hugo von Hofmannsthal** • Der Tor und der Tod • **Anton Tschechow** • Ein Heiratsantrag • **Arthur Schnitzler** • Reigen • **Friedrich Schiller** • Kabale und Liebe • **Nicolo Machiavelli** • Der Fürst • **Gotthold E. Lessing** • Nathan der Weise • **Augustinus** • Die Bekenntnisse des heiligen Augustinus • **Marcus Aurelius** • Selbstbetrachtungen • **Charles Baudelaire** • Die Blumen des Bösen • **Harriett Stowe** • Onkel Toms Hütte • **Walter Benjamin** • Deutsche Menschen • **Hugo Bettauer** • Die Stadt ohne Juden • **Lewis Caroll** • *und viele mehr….*

Magda Trott

Puckis junge Ehe

Eine Erzählung für junge Mädchen

Inhalt

Auf der Hochzeitsreise

Pucki schloß die Augen. Es war fast zuviel des Schönen, was sie in den letzten Stunden gesehen hatte. Es war überhaupt alles wie ein wunderbarer Traum. Unfaßlich schön! Saß sie wirklich auf einem Rheindampfer? Hielt ihre Hand die des jungen Gatten, ihres Claus? Oh, es war alles Wirklichkeit! Das Rauschen, das ihr Ohr vernahm, kam von den Wellen her, die gegen das Schiff schlugen: Wellen des Rheins!

Hochzeitsreise an den Rhein! – Ihr innigster Wunsch, einmal den schönsten deutschen Strom zu sehen, war in Erfüllung gegangen. Claus führte sie an den sagenumwobenen Rhein. Nun saß sie neben ihm, auf der Bank des stolzen Motorschiffes „Loreley", öffnete zwinkernd die Augen und schaute hinauf zu den rebengeschmückten Hügeln, zu den stolzen Burgen, die bald von rechts, bald von links herniedergrüßten. Es war fast zuviel der Herrlichkeit! Von den alten Zinnen wehte die Vergangenheit hernieder, die sanften Herbstlüfte schienen von Liebeslust und Liebesweh der alten Ritter und jungen Ritterfräulein zu erzählen, von kühnen, verwegenen Taten, aber auch von manchem Raubzuge, von Schlachten und Siegen.

Der frische Plaudermund war verstummt. Zu mächtig wirkte die zauberhafte Schönheit der Landschaft auf die junge Frau. Es war Pucki nicht möglich, in die laute Fröhlichkeit der übrigen Fahrgäste mit einzustimmen. Aber ihnen allen mochte vielleicht die Gegend bekannt sein. Für Pucki war sie etwas ganz Neues.

„Fahren wir wirklich an den Rhein? Führst du mich nach Köln, Koblenz, St. Goar und Mainz, wenn wir verheiratet sind?" Wie oft hatte Pucki vor ihrer Ehe diese Frage an ihren geliebten Claus gerichtet. Lächelnd nickte er dazu, denn er wußte ja, daß Pucki, das fröhliche Försterkind aus Birkenhain, die Natur über alles liebte. Weit würde sich ihr Herz öffnen auf dieser ihrer Hochzeitsreise, die ihr das Schönste vom Schönen zeigte.

Achtlos lagen die zahlreichen Prospekte, die Pucki schon vorher aus einem Reisebüro zusammengeholt hatte, neben ihr auf der Bank. Was sollten ihr jetzt noch diese Ansichten, da sie die Natur in voller Schönheit vor sich hatte. Mit jeder Biegung des Rheins bot sich ihrem Auge ein neues, schönes Bild.

Die stolze Ruine Rheinfels wurde sichtbar. Claus berührte die Hand seiner jungen Frau. „Vergiß das Essen und das Trinken nicht, Pucki. Wir sind in diesem Augenblick fünfzig Stunden verheiratet. Wollen wir darauf anstoßen?"

Die Gläser klangen aneinander, dann glitten ihre Augen wieder hinüber zu den Rheinufern. In Puckis Herzen stieg heiße Dankbarkeit empor, daß es ihr vergönnt war, diese herrliche Gegend zu sehen. Auf einmal jauchzte sie laut auf und machte eine Bewegung, als wolle sie ihrem Gatten um den Hals fallen.

Er wehrte aber ab. Dieses zärtliche Schauspiel brauchte man den Mitreisenden nicht zu bieten. Trotzdem freute er sich über die Lebhaftigkeit und Natürlichkeit seiner jungen Frau. Gerade diese letzte Eigenschaft hatte ihm von jeher an dem Försterkinde gefallen. Ihn, den Sohn des Oberförsters Gregor, zog es schon als Primaner zu der kleinen Hedi Sandler hin, deren gutes Herz dem Kinde so manchen Streich gespielt hatte. Er hatte Pucki aufwachsen sehen und hatte sie niemals aus den Augen verloren, auch dann nicht, als er sich dem medizinischen Studium zuwandte und Pucki das Elternhaus verließ, um in Rotenburg die höhere Schule zu besuchen. Dann freilich war eine Zeit gekommen, in der Claus Gregor Pucki ein wenig aus dem Gesicht verlor, denn er hatte in Brasilien in einem Krankenhaus eine Stellung angenommen. Aus dem jungen Mädchen aber entwickelte sich ein prächtiger, gewissenhafter Mensch, der mit Freude und Lust den Beruf einer Kindergärtnerin erwählte.

Wenn Hedi Sandler zu den Ferien ins Elternhaus zurückkam, so geschah es nicht selten, daß auch Claus Gregor bei den Eltern in der Oberförsterei weilte. So wurde aus der Kinderfreundschaft bald eine gegenseitige tiefe Neigung. Vor einem Jahr, auch im Herbst, war das bindende Wort gesprochen worden. Ostern hatte Pucki ihr Abschlußexamen gemacht. In der kleinen Stadt, in der Pucki als ABC-Schütze einst die Schule besuchte, ließ sich Claus Gregor schließlich als Arzt nieder. Nach Puckis Wünschen hätte die Hochzeit schon im Frühling sein sollen, sogleich nach dem abgelegten Examen. Sie meinte, ein junger Arzt könne nicht ohne Frau sein, es gäbe so viel zu helfen. Pucki hatte die feste Absicht, ihrem Gatten nach Möglichkeit beruflich beizustehen. Aber Frau Sandler meinte, es sei gut und richtig, wenn Pucki das Sommerhalbjahr dazu verwende, sich erst in hauswirtschaftlichen Dingen zu vervollkommnen. Schweren Herzens fügte sich das Försterkind, aber länger als bis zum September sollte nicht gewartet werden.

„Der Monat September ist die günstigste Zeit, den schönen Rhein kennenzulernen. Später sieht man nichts mehr von der Traubenlese. Dann gibt es Nebel und Kälte. Ich möchte so gern im September heiraten. Ach, laß uns nicht länger warten.“

Die Eltern gaben nach, zumal auch Claus meinte, der September wäre für ihn der beste Monat, da er dann eine gute Vertretung bekommen könnte, die später nicht mehr frei sei. Man hatte dann lange überlegt, welchen Tag man zur Eheschließung wählen solle. Claus meinte, das sei doch ganz gleichgültig, aber Pucki bestand darauf, daß der Hochzeitstag ein Dienstag, ein Donnerstag oder ein Sonnabend sein müsse. Als man sich schließlich auf den Donnerstag geeinigt hatte, wurde von Pucki der Wandkalender befragt. Auch die Namen hatten für sie eine Bedeutung. Nun wurde gewählt zwischen dem 5. September, dem „Herkules“, und dem 19. September, dem „Titus“.

„›Herkules‹ wäre eine gute Vorbedeutung, denn Herkules ging siegreich aus allen Gefahren hervor. – Ich denke, wir heiraten am ›Herkules‹, das ist etwas für dich, Claus.“

„Nun, wir könnten ja auch am ›Titus‹ heiraten, das wäre etwas für dich, Pucki.“

„Für mich?“ fragte sie gedehnt zurück. „Titus – war das nicht ein alter Römer?“

„Ein römischer Kaiser. Anfangs war er ein sehr übler Bursche, später aber wurde er ein prachtvoller Herrscher, der überall Segen stiftete. Vielleicht heiraten wir doch am ›Titus‹.“

„Puh – da müssen wir noch lange warten. Der ›Herkules‹ wäre am fünften, der ›Titus‹ am neunzehnten September. Aber“ – sie zwinkerte den Verlobten mit ihren Blauaugen an, „wenn du meinst, daß der ›Titus‹ besser zu mir paßt, dann – abgemacht. – Wir heiraten am Donnerstag, den neunzehnten September.“ –

Es war keine große Hochzeit gewesen. Man hatte nur Puckis drei Freundinnen mit deren Männern oder Verlobten eingeladen, dazu die nächsten Familienangehörigen. Noch am selben Abend waren Claus und Pucki abgereist und saßen nun auf einem Rheindampfer, um in St. Goar an Land zu gehen und dort für einige Tage Aufenthalt zu nehmen. Vorher waren sie zwei Tage in Köln gewesen. Vierzehn Tage sollte die Reise dauern. Ein einziger schöner Traum!

Doktor Claus Gregor erhob das Glas. „Auf unseren fünfzigstündigen Ehekrieg!“

„Dort die Katz und drüben die Maus“, hörte Pucki auf der anderen Seite des Schiffes eine Stimme sagen. Wie ein Pfeil schoß sie hinüber. – Wahrhaftig, von den beiden Bergkuppen grüßten die Burgen hernieder. Claus war seiner lebhaften jungen Frau gefolgt.

„Ich glaube, ich bin für dich Nebensache, Pucki. Dir ist die Burg Katz dort oben wichtiger als dein Claus.“

Aus ihren blauen Augen traf ihn ein inniger Blick. „Es ist wunderbar schön hier, Claus!“

„Gewiß, Pucki, aber darüber darfst du nicht das Nötigste vergessen. Wir sind gleich in St. Goar und wollen dort aussteigen.“

„Claus, können wir nicht noch ein wenig mit dem Schiff fahren? Nur noch eine Station weiter. Mit dem nächsten Dampfer fahren wir dann zurück. Es ist doch wirklich einerlei, wann wir in St. Goar ankommen. Es gefällt mir doch so gut auf der ›Loreley‹."

„Nun ja, wir könnten noch Mittag essen."

„Ich mag nichts essen, Claus."

„Na, na, Pucki! Nachher stellt sich plötzlich der Hunger ein."

Aber Pucki dachte wirklich nicht an Essen und Trinken. Wieder machte der Rhein eine scharfe Biegung, und sie sahen St. Goar vor sich liegen, dem das Schiff langsam zusteuerte.

Sie blieben an Bord und beschlossen, bis Bacharach weiterzufahren und dann wieder nach St. Goar zurückzukehren.

„Fräulein", sagte einer der Reisenden, dem längst die blonde Naturschwärmerin aufgefallen war, „sehen Sie, dort drüben der hohe Felsen ist die ›Loreley‹."

Obwohl der Loreleyfelsen Puckis höchste Aufmerksamkeit erregte, trat auf ihre Stirn eine tiefe Falte.

„Ja", sagte sie laut, „mein Mann hat mir das vorhin schon gesagt. Mein Mann hat mich genau unterrichtet. Ich will mit meinem Mann zu Fuß hinauf zur Loreley gehen. – Mein Mann ist schon zweimal oben gewesen." Dann wandte sie dem jungen Erklärer stolz den Rücken, ging zurück zu ihrem Claus, ergriff das Weinglas und rief so laut, daß es die Umsitzenden hören konnten: „Also, auf dein Wohl, lieber Mann!"

„Aber Pucki, schrei nicht so laut", mahnte Claus leise, der bemerkt hatte, daß seine junge Frau allgemeine Aufmerksamkeit erregte.

„Fräulein hat er mich genannt", flüsterte Pucki ihrem Claus zu, „dabei habe ich längst die Handschuhe abgezogen. Er mußte den goldenen Ring am Finger der rechten Hand doch sehen."

„Na, Pucki, wenn dir nichts Schlimmeres geschieht", lachte Claus, „als daß du für ledig angesehen wirst – –"

„Ich bin doch nun einmal eine junge Frau, und das sollten mir die Leute ansehen."

Claus lachte. Er wußte, daß seine geliebte Pucki sehr stolz auf ihre neue Würde als Ehefrau war. In Köln hatte sie das öfter betont. Als sich Pucki dann erhob und auf den Tisch mit den Auslagen von Karten und Büchern zusteuerte, unterdrückte Claus mühsam das Lachen. Er wußte genau, was sich in der nächsten Minute ereignen würde. In Köln, in Bonn und in Königswinter: überall dasselbe.

Nun stand Pucki vor den Ansichtskarten, wühlte und suchte darin herum und hielt schließlich ein ganzes Päckchen in der Hand. Der Verkäufer nannte den Preis.

„Wieviel? – – Zwei Mark und achtzig Pfennig? Das ist aber teuer!"

„Mein liebes Fräulein, Sie haben aber auch eine schöne Erinnerung an die Rheinfahrt."

Pucki öffnete die Handtasche. „Ach, ich habe kein passendes Geld – –"

„Ich kann wechseln, Fräulein."

„Nicht nötig", sagte sie und fuhr fort, jede Silbe betonend: „Mein Mann wird den kleinen Betrag gern entrichten. Wir sind nämlich auf der Hochzeitsreise. Ich werde meinen Mann gleich heranwinken."

Claus wartete bereits auf diesen Wink. Es war immer dasselbe. Mochte in Puckis Börse noch soviel Kleingeld sein, sobald sie als junges Mädchen angesprochen wurde, rief sie nach ihrem jungen Gatten und erzählte laut und deutlich hörbar, daß sie sich auf der Hochzeitsreise befand.

Claus kam herbei und bezahlte, der Verkäufer aber wünschte dem jungen Paar viel Vergnügen für die fernere Reise. Dann schob Pucki ihren Arm in den ihres geliebten Claus und schritt an seiner Seite hoheitsvoll zurück zu ihrem Platz.

„Hast du genug Ansichtskarten?" neckte Claus. „Wenn das so weitergeht, müssen wir die Karten per Fracht in unser neues Heim nach Rahnsburg senden. Du willst gewiß recht fleißig schreiben? Pucki, Pucki, wie hast du dich verändert! Sonst ist das Schreiben bei dir eine Seltenheit."

„Ach, Claus, mußt du mich immer necken? Schau dir lieber die Gegend an. Wäre es nicht herrlich, wenn wir hier am Rhein dauernd leben könnten?“

„O weh! – Und ich dachte, du wolltest meine treue Mitarbeiterin im kleinen Rahnsburg sein? Was mache ich nun, wenn meine junge Frau am Rhein bleiben möchte und ich allein in Rahnsburg sitze?“

Da legte sie ihren Arm um seinen Hals und ließ ihn erst wieder los, als sie unterdrücktes Lachen vom Nebentisch hörte.

„Na ja“, sagte ein weißhaariger Herr schmunzelnd, „wenn man auf der Hochzeitsreise ist, nimmt das nicht wunder. Prosit, junge Frau, ich wollte, Sie flögen mir auch einmal an den Hals.“

Puckis Augen flammten auf. War das nicht eine Kränkung? Wie würde Claus das auffassen? Einer wollte seine junge Frau umarmen – und das auf der Hochzeitsreise! Ihr wurde ordentlich bange. Wenn Claus jetzt aufsprang und den kühnen Sprecher zur Rede stellte? Angstvoll schaute sie ihm ins Gesicht. Der aber erhob sein Glas, prostete dem alten Herrn zu und rief lachend hinüber:

„Glaub' es schon, daß Ihnen so etwas gefallen könnte.“

Pucki war darüber sprachlos. Was sie für eine unerhörte Dreistigkeit angesehen hatte, erschien Claus nur ein fröhlicher Scherz. Von nun an vermied sie sorgfältig, ihrem Temperament die Zügel schießen zu lassen. Alle Aufmerksamkeit widmete sie wieder der herrlichen Umgebung.

In Bacharach stiegen sie aus.

„Hier in dem altberühmten Weinstädtchen wird Mittag gegessen“, sagte Claus.

„Ich habe noch keinen Hunger, mich hat die schöne Natur satt gemacht.“

Claus lachte. „Komm nur!“

Das Mittagessen schmeckte Pucki sehr gut, auch dem Wein sprach sie freudig zu. Er drohte ihr mit dem Finger. „Pucki, der Wein ist gefährlich!“

„Er schmeckt so gut!“

„Wer wird ans Weintrinken denken, wenn er eine so schöne Gegend sieht!“ lachte er.

„Du sollst mich nicht immerfort necken. – Prösterchen, Claus!“

„Wollen wir hinauf zur Burg Stahleck gehen?“

Pucki mochte nicht, sie hatte allerhand Ausreden, weil sie ihrem Manne nicht eingestehen wollte, daß sie dem Wein ein wenig zu reichlich zugesprochen hatte und müde geworden war.

„Bleiben wir lieber hier und betrachten wir die herrliche Gegend.“

„Und trinken starken Kaffee, nicht wahr, Pucki?“

„Hast du wirklich etwas gemerkt? – Claus, du bist furchtbar tüchtig! – Also, trinken wir Kaffee, denn das ist das richtige.“

Mit dem nächsten Schiff fuhren die beiden zurück nach St. Goar. Dort stiegen sie aus und nahmen in einem Hotel direkt an der Landungsbrücke Wohnung. Ehe der Inhaber eine Frage an die Ankommenden stellen konnte, sagte Pucki hastig:

„Mein Mann und ich möchten gern ein Zimmer mit Aussicht auf den Rhein. Wir sind auf der Hochzeitsreise; ich habe den Rhein noch nie gesehen. Mein Mann hat die Absicht, mir alles Sehenswerte zu zeigen. Wir können doch ein Zimmer haben?“ Dabei spreizte Pucki die rechte Hand mit dem goldenen Trauring recht auffällig und stieg dann hinter dem Kellner die breite Treppe hinauf.

Das Zimmer gefiel Pucki außerordentlich gut. Es hatte sogar einen Balkon. Nun stand sie hier oben, schaute hinab auf den Rhein und auf die vielen Schiffe, und Claus mußte ihr alles erklären.

Am anderen Morgen wurde der Aufstieg zum Loreleyfelsen angetreten. Übermütig lachend sprang Pucki die hohen Steinstufen hinan und neckte Claus, wenn er ihr nicht ebenso hurtig folgte. Ihn entzückte die Anmut seines jungen Weibes, Puckis übermütige Frische, ihr lachendes, glückliches Gesicht. Er freute sich darüber, daß sie die Schönheiten der

Natur so verständnisvoll in sich aufnahm. Für alles zeigte sie Anteilnahme, gern ließ sie sich über dieses und jenes belehren.

„Das Schönste an unserer Hochzeitsreise ist“, rief Pucki fröhlich aus, „daß sie noch lange nicht zu Ende ist. Vierzehn Tage wollen wir unterwegs sein, dann – –“

„Kommt der Alltag mit seiner Arbeit.“

„Darauf freue ich mich auch, Claus! Dir helfen können, wird wunderschön sein. – Wirst du mich auch brauchen können, Claus?“

„Nun, ich will mal sehen, wie du dich anstellst.“

„Prachtvoll! – Ich werde die unruhigen Patienten festhalten, werde Ängstlichen Mut zusprechen, werde im Empfangszimmer sein, dir die Bücher führen und dir die Instrumente in Ordnung halten; kurzum, ich nehme dir jede Arbeit ab, die dir Zeit raubt.“

Er lachte. „Wer hat sich denn vor acht Tagen entsetzt abgewandt, als sich in der Oberförsterei unser Holzhacker in den Finger hackte? – Wer konnte kein Blut sehen?“

„Ja, Claus, mit Blut ist das so eine Sache. Aber, das lerne ich auch noch. – Wie lange bleiben wir in Wiesbaden?“

„Ich denke, acht Tage.“

„Und dann kommt die Rückreise?“

„Über Eisenach.“

Pucki seufzte auf. „Ja, über Eisenach. Ich werde mir die Wartburg endlich mit Genuß ansehen. Ach, Claus, ich glaube, es war die schlimmste Zeit meines Lebens, als ich bei Wallners die erste Stellung im Haushalt annahm. Brrr, der abscheuliche Großvater!“

„Vielleicht können wir Wallners einen kurzen Besuch machen?“

„Eher gehe ich in die Hölle. Das Schicksal wird mir gnädig sein und diesen alten Griesgram nie wieder meinen Weg kreuzen lassen. Der Großvater könnte mir die Stimmung verderben.“

„Er wird ja nicht gerade, wenn wir in Eisenach sind, auch oben auf der Burg sitzen."

„Ich brächte es fertig, auf den Besuch der Burg zu verzichten, wenn ich den entsetzlichen Mann dort träfe. Aber dieser Abschnitt meines Lebens ist vorüber. – Strich darunter!"

Der Loreleyfelsen war erklommen. Claus und Pucki durchschritten zunächst das Restaurant, um sich zum Aussichtsfelsen zu begeben. Dann stand die junge Frau entzückt oben und schaute hinab auf den Rhein, auf seine vielen Windungen und Krümmungen, auf die zahlreichen Schiffe, die ruhig dahinzogen, und auf die unübersehbaren Weinberge, die in der Morgensonne lagen.

„Wunderbar schön! – Herrlich!" Es war Pucki unmöglich, ihren Gefühlen vollen Ausdruck zu geben. Sie stand und staunte und ließ den Zauber der Natur auf sich wirken.

„Vielleicht eine Aufnahme auf dem Loreleyfelsen gefällig?" ertönte da eine Stimme. Vor Pucki stand ein junger Mann, einen Apparat im Arm. „Setzen sich die Herrschaften auf dem Felsen hier nieder; solch eine Aufnahme ist eine schöne Erinnerung fürs Leben."

Pucki war sogleich bereit, und auch Claus willigte ein. Nun saßen sie, eng aneinandergeschmiegt, an der äußersten Felszacke. Mit strahlendem Lachen schaute Pucki dem Gatten ins Gesicht.

„Ich habe schon manches Brautpaar aufgenommen –"

„Brautpaar? – Wir sind auf der Hochzeitsreise."

Pucki ließ drei verschiedene Bilder knipsen. Dann schaute sie wieder voll Entzücken hinunter auf den Rhein, während Claus auf den jenseitigen Felsvorsprung ging, um auch von dort aus die herrliche Aussicht zu genießen.

„Die Bilder sind heute abend fertig. Wohnen die Herrschaften unten in St. Goar? Wohin darf ich die Bilder schicken?"

Pucki hörte kaum, was der Photograph fragte. Es gab so vieles zu sehen.

„Darf ich um den Namen der Herrschaften bitten?“

„Hedi Sandler. Fräulein Hedi Sandler.“

Der Photograph machte ein eigentümliches Gesicht. „Und der Herr?“

Nun wandte sie sich endlich dem Frager zu. „Was wollen Sie? Welchen Herrn meinen Sie?“

„Ich fragte das Fräulein, wohin ich die Bilder senden sollte. In welchem Hotel wohnen die Herrschaften?“

„Mein Mann und ich wohnen im ›Rheinhotel‹.“

Warum lachte der Mann so dreist? Plötzlich kam es Pucki zum Bewußtsein, daß sie in ihrer Versunkenheit ihren Mädchennamen genannt hatte. Sie wurde dunkelrot und wußte nichts anderes anzufangen, als eiligst hinüber zu ihrem Claus zu gehen und ihm zuzuflüstern: „Claus, du mußt mich retten! Ich habe soeben eine große Dummheit gemacht.“

„Aber das ist ja furchtbar“, erwiderte er lachend. „Was hast du wieder angestellt?“

„Ich hatte ganz vergessen, daß ich verheiratet bin. Fräulein Sandler, sagte ich. – Du mußt dem Manne klarmachen, daß wir beide verheiratet sind.“

Dem Photographen wich Pucki nun aus. Sie wollte nicht einmal im Gasthaus einen Imbiß einnehmen, weil der Photograph beständig in ihrer Nähe umherging, um auf neue Gäste zu warten.

„Ja, ja“, sagte sie schließlich, „eine Hochzeitsreise erfordert viel Überlegung. Aber wenn man zwanzig Jahre lang Hedi Sandler geheißen hat, ist es sehr schwer, plötzlich Frau Doktor Gregor zu sein.“

„Bereust du es? Möchtest du lieber wieder Pucki Sandler sein?“ fragte Claus zärtlich.

„Lieber, lieber Claus!“ Sie umarmte ihn stürmisch. „Ich glaube, ich habe es dir in den vier Tagen unserer Ehe schon tausendmal gesagt, daß ich über alle Maßen glücklich bin, daß es auf der Erde nichts Herrlicheres gibt, als die Frau des Arztes Claus Gregor zu sein."

„Nun, mein Liebling, du wirst schon noch einsehen, daß es eine Arztfrau nicht immer leicht hat, daß sie oft ihre eigenen Wünsche zurückstellen muß, denn der Beruf eines Arztes bringt Unruhe ins Leben."

„Siehst du, Claus, gerade das finde ich herrlich. Jede Stunde eine andere Überraschung."

„Mitunter sind es Überraschungen, die von der Hausfrau nicht geschätzt werden."

„Ach, ich bin ganz anders! Ich werde diese Überraschungen immer schätzen." –

Am Nachmittag unternahmen die jungen Eheleute einen Aufstieg zur Feste Rheinfels. Wieder bot sich Puckis Blicken ein bezauberndes Bild. Unten die kleinen Ortschaften St. Goar, St. Goarshausen, Oberwesel und Boppard. Die Ruine selbst zog Pucki sehr stark an, so daß sie mit Begeisterung an der Führung teilnahm, die unermüdlich treppauf, treppab ging. Sie stellte gar viele Fragen.

„Claus", flüsterte sie, „hier möchte ich mit dir ganz allein wohnen, hier riecht es so schön modrig. Dafür schwärme ich."

„Mir ist die frische Luft in meiner Wohnung in Rahnsburg lieber."

Seit geraumer Zeit fiel Pucki eine Dame auf, die Claus öfters mit forschenden Blicken musterte. Pucki runzelte unwillig die Stirn. Sie schob ihren Arm noch ein wenig fester in den ihres Gatten und sagte laut und deutlich: „Ach, Claus, eine Hochzeitsreise ist etwas Herrliches. Und daß du dich als Arzt freigemacht hast, dafür bin ich dir doppelt dankbar."

Dann saßen sie im Schloßhofe beim Kaffee, als ein Kellner an ihren Tisch trat und Herrn Doktor Gregor fragte, ob er Arzt sei und bereit wäre, einer plötzlich Erkrankten beizustehen. Claus erklärte sich selbstverständlich sofort bereit.

„Warte einen Augenblick, Pucki, ich will nachsehen, was vorgefallen ist.“

„Ach, Claus, man sollte dich doch wenigstens auf der Hochzeitsreise in Ruhe lassen.“

„Ich bin sogleich wieder bei dir, mein liebes Kind. Siehst du, das ist schon eine der Überraschungen, von denen ich vorhin sprach.“

Pucki schwieg und schaute dem davongehenden Gatten nach. Nach kurzer Zeit schon kam er zurück: „Eine Dame ist plötzlich ohnmächtig geworden. Sie fühlt sich noch sehr schwach und bittet, daß ich sie hinunter nach St. Goar bringe. Wir wollen also aufbrechen. Ich lasse soeben nachsehen, ob draußen am Burgeingang Wagen stehen. Ist das nicht der Fall, will die Erkrankte in meiner Begleitung den Weg zu Fuß zurücklegen.“

„Nun gut“, sagte Pucki lebhaft, „so werde ich sogleich beweisen, daß ich dir wertvolle Hilfe leisten kann. Wir machen gemeinsam mit der Erkrankten den Abstieg.“

Ein Wagen war nicht da. Im Gastzimmer saß auf einer Bank die Leidende. Pucki zog die Stirn kraus. Das war ja dieselbe Dame, die vorhin ihren Claus so auffällig angesehen hatte. Sie sah gar nicht leidend aus, schien es Pucki, im Gegenteil, sie lächelte Claus geradezu verführerisch an. Nur mit Mühe unterdrückte Pucki eine Bemerkung, als sie sah, daß ihr junger Ehemann der Leidenden den Arm reichte und ihr riet, sich fest darauf zu stützen. Pucki stand unbeweglich daneben. Sogar ein mahnender Blick des Gatten fruchtete nichts.

„Es tut mir sehr leid, Herr Doktor, Ihnen diese Umstände machen zu müssen. Aber ich leide an Ohnmachtsanfällen.“

„Wäre es nicht richtiger, Sie blieben noch ein wenig hier oben?“

„Nein, Herr Doktor, ich muß zurück. – Es wird schon gehen.“

„Meine Frau wird Sie auch noch ein wenig stützen.“

Pucki blieb stumm, sie reichte der Leidenden zögernd den Arm, schaute jedoch voller Mißtrauen hinüber, ob sich die Kranke nicht gar zu fest auf den Arm ihres Claus stützte. Das war doch alles nur eine Komödie! Die Frau fand sicherlich Gefallen an ihrem Claus und neidete ihr das junge Glück. Sicherlich wollte sie nur an der Seite dieses stattlichen, schönen Mannes hinunter nach St. Goar gehen.

Je näher die drei dem Ort kamen, je lebhafter wurde die Patientin. Ausschließlich richtete sie ihre Worte an Claus und kümmerte sich nicht im geringsten um Pucki, die plötzlich mit einem Ruck ihren Arm aus dem der Dame gezogen hatte. Oh, Pucki hatte längst bemerkt, daß die Komödiantin allein gehen konnte. Sie begriff nur nicht, aus welchem Grunde Claus sie noch immer führte. Erkannte er denn nicht, daß es sich hier um ein Täuschungsmanöver handelte?

„In welchem Hotel wohnen Sie, Herr Doktor?"

„Wir wohnen unmittelbar an der Landungsbrücke, im Rheinhotel."

„Sind Sie zufrieden?"

„Wir sind erst gestern angekommen."

„Ich möchte nämlich aus meinem Hotel ausziehen. – Ich will es auch mit dem Rheinhotel versuchen. Sind vielleicht noch Zimmer frei?"

„Nein, alles ist besetzt", klang Puckis Stimme dazwischen. Das fehlte gerade noch, daß diese dreiste Person in ihr Hotel kam und ihren Claus auch weiterhin mit Beschlag belegte! Nun wandte Claus den Kopf herum und schaute sein junges Weib mit strahlendem Lachen in den Augen an. Er kannte diesen Ton, und er wußte genau, daß Pucki, wie sie ihm einmal gesagt hatte, nahe am Platzen war.

„Ja, ja, Pucki", sagte er, „es gibt mitunter Überraschungen."

„Wie meinen Sie, Herr Doktor?"

„Ich machte meine liebe Frau nur auf etwas aufmerksam."

„Ich werde noch heute in meinem Hotel sagen, daß ich ausziehe, denn ich fühle mich darin nicht wohl. Ich werde versuchen, im Rheinhotel unterzukommen.“

„Tun Sie das ruhig. Ich glaube, morgen wird ein Zimmer frei“, sagte Claus verschmitzt lächelnd, und wieder warf er Pucki einen zärtlichen Blick zu. Langsam ebbte die Erregung in Pucki ab. Morgen nachmittag verließen sie St. Goar, um weiter nach Rüdesheim zu fahren. Wenn morgen die Komödiantin ins Rheinhotel übersiedelte, waren sie bereits abgereist. Mit dieser Erkenntnis erwachte in Pucki wieder der Übermut.

„Freilich“, sagte sie plötzlich übertrieben liebenswürdig, „morgen wird im Rheinhotel ein Zimmer frei. Oben im ersten Stockwerk. – Wir wohnen auch im ersten Stock. Vielleicht stoßen unsere Zimmer sogar aneinander. O ja, es wohnt sich herrlich im Rheinhotel. Sie sollten wirklich umziehen.“

Doktor Gregor und Pucki begleiteten die Leidende bis zu deren Hotel. Die junge Frau erhielt zum Abschied nur ein kurzes Kopfnicken, Claus hingegen eine überschwengliche Dankesrede.

„Ich würde Ihnen raten, mein lieber Doktor, heute abend einen Spaziergang am Rheinufer zu unternehmen. Vielleicht treffen wir uns.“

„Es wäre richtiger, gnädige Frau, wenn Sie sich nach Ihrem Ohnmachtsanfall zeitig niederlegten, zumal Sie morgen einen Umzug vorhaben.“

Dann verabschiedete man sich. Kaum war man außer Hörweite gekommen, als Pucki entrüstet ausrief: „Aber Claus, hast du denn nicht bemerkt, daß diese Frau mit dir anbandeln wollte?“

„Nein, Pucki! Sie hatte wirklich einen kleinen Schwächeanfall. Da es sich hier um eine junge Frau handelt, kann man nicht wissen, woher der Schwächeanfall kommt.“

„Ich habe es wohl gesehen, daß sie sich sehr eng an dich schmiegte.“

„Eifersüchtig, mein Kleinchen?“

Pucki senkte den Kopf. „Nein, Claus“, sagte sie, „eifersüchtig werde ich niemals sein, ich weiß ja, daß du mich sehr liebhast. Ich bin nur ärgerlich, daß jemand das Glück unserer Hochzeitsreise stört.“

„Aber Pucki, kleine, liebe Pucki! Kann dieser Zwischenfall unsere glückliche Stimmung beeinträchtigen? Mein liebes, gutes Kind, ich glaube, du wirst noch ganz andere Dinge in der Ehe erleben. Ich bitte dich heute schon herzlich, dir durch solche Zwischenfälle die gute Laune nicht verderben zu lassen.“

„Du gefielst ihr, da hat sie mir mein großes Glück geneidet.“

Er lachte auf. „Es ist doch gut, wenn ich den Menschen gefalle. Das bringt Praxis, kleines Frauchen. Was sollte aus mir werden, wenn alle sagten, der Doktor Gregor ist ein gräßlicher Mann, den man nicht ansehen mag! Keiner würde mich rufen. Wenn ich aber meinen Mitmenschen gefalle – Na, kleine Pucki, meinst du nicht auch, daß das von Vorteil ist?“

„Ja, du hast recht“, sagte sie seufzend. „Nun habe ich schon den ersten Beweis erhalten, daß es nicht leicht ist, die Frau eines Arztes zu sein.“

„Als wir heute vormittag hinauf zur Loreley gingen, meintest du, es sei herrlich, gerade eine Arztfrau zu sein, und Überraschungen verschiedenster Art liebtest du.“

Pucki drückte den Kopf fest an die Brust des jungen Gatten. „Ach, Claus, es kommt immer wieder etwas Neues. Erst glaubte ich, daß ich mit der Schule ausgelernt hätte und dünkte mich recht klug. Doch bald sah ich ein, daß ich gar nichts verstand, als ich aufs Seminar kam. Als ich dann mein Examen gemacht hatte, bildete ich mir wieder ein, nun wäre ich ganz bestimmt mit dem Lernen fertig. Heute bin ich eine junge Frau, die Frau eines Arztes. – Nun geht das Lernen von vorne an. – Ich glaube, man wird niemals fertig damit!“

„Hast recht, meine liebe Pucki, man wird mit dem Lernen niemals fertig! Das Leben stellt uns Menschen immer wieder vor neue Aufgaben. Herzlich möchte ich dich aber darum bitten, laß dir die gute Laune durch derartige kleine Zwischenfälle nicht verderben. Wir wollen auf unserer Hochzeitsreise nur Sonne haben. Kein Mißton soll unser junges Glück trüben."

„Gut, Claus, ich werde mir das ernstlich vornehmen. Mag da kommen, was will, ich behalte meine gute Laune. Und wenn dir zwanzig Frauen ohnmächtig in die Arme fallen, ich ärgere mich nicht. Du wirst, solange wir unsere Hochzeitsreise machen, nie eine Falte auf meiner Stirn sehen. Das ist mein nachträgliches Hochzeitsgeschenk für dich."

„Hi hi, Fräulein Sandler!"

Für Pucki gab es wieder viel Neues zu bestaunen. Aßmannshausen und Rüdesheim waren besucht worden, am Niederwalddenkmal hatten sie gestanden, und dann waren sie weiter nach dem goldenen Mainz gefahren und hatten, als Abschluß der Hochzeitsreise, in Wiesbaden Wohnung in einem Hotel genommen. Was gab es hier für herrliche Spaziergänge und Ausflüge! Auf einem dieser Ausflüge in den Taunus traf Claus einen Studienfreund, den jungen Doktor Behl, der in einem Wiesbadener Sanatorium angestellt war. Die beiden Freunde hatten sich viel zu erzählen. Es interessierte Claus stark, das Tätigkeitsfeld des Studienkollegen kennenzulernen, und man verabredete, daß Claus an einem der nächsten Tage einen Besuch im Sanatorium machen sollte.

Am Vormittag rief Doktor Behl im Hotel an und fragte Claus, ob er zu ihm kommen könne. Claus wandte sich fragend an seine junge Frau. „Darf ich dich auf der Hochzeitsreise ein paar Stunden allein lassen, oder wird das nicht erlaubt?"

„Wie kannst du fragen, Claus! Ich habe einen Arzt geheiratet und weiß, daß ich öfters allein sein werde."

„Aber auf der Hochzeitsreise? – Darf ich dich auch heute ein paar Stunden verlassen?"

„Du darfst es", sagte Pucki, „das ist doch selbstverständlich."

„Bist du nicht ein wenig verstimmt, wenn ich hier in Wiesbaden einige Stunden dem Freunde widme?"

„Ich habe dir geschworen, daß ich mir durch nichts die gute Laune verderben lasse, Claus. Ich habe den festen Vorsatz gefaßt, auf unserer Hochzeitsreise nur froh und glücklich zu sein. Nichts kann mich darin beirren."

„Ich habe wirklich eine prächtige Frau!"

„Das soll auch dein Freund, Herr Doktor Behl, erkennen. Welche Frau läßt ihren jungen Ehemann auf der Hochzeitsreise drei Stunden lang fortgehen? Nur ich, nur Pucki Gregor, geborene Sandler."

„Zum Dank für deine Großmütigkeit essen wir dafür auch heute im Kurhaus zu Mittag. Um ein Uhr treffen wir uns im Weinrestaurant. Ich werde pünktlich zur Stelle sein. Auf das Wohl meiner vernünftigen und großmütigen Frau trinken wir dann eine Flasche Rüdesheimer."

Pucki klopfte sich mit der Hand auf den Magen. „Herrlich schmeckt mir der Wein! Wenn wir erst in Rahnsburg sind, hört das natürlich wieder auf, denn dann müssen wir sparen. So viele Patienten hast du noch nicht, daß wir uns von den Honoraren einen Weinkeller anlegen könnten."

„Das wird freilich noch eine Weile dauern, kleine Frau."

„Aber auf unserer Hochzeitsreise dürfen wir einmal verschwenderisch sein."

„Wir genießen, Pucki! Aber Essen und Trinken ist es ja nicht allein."

„Nein, es ist das Zusammensein mit dir, lieber guter Claus, und all die Freude und das Glück, das aus uns herausstrahlt. – Doch nun mache dich fertig und lasse den Freund nicht warten. Wenn die Rede auf mich kommt, kannst du ihm ja zu verstehen geben, daß ich nichts dagegen hätte, daß du auf unserer Hochzeitsreise drei Stunden von mir fort bist."

„Was wirst du in der Zeit meines Fernseins beginnen?"

„Ich bummele durch die Stadt. Es gibt hier viel zu sehen. Vielleicht gehe ich auch zum Frühkonzert in die Brunnenhalle."

So trennten sich die jungen Eheleute zum ersten Male für einige Stunden. Pucki stand in der Halle des Hotels und nahm von Claus so herzlichen Abschied, als habe er eine Reise in einen fernen Erdteil anzutreten. Diskret lächelte der Pförtner. Er hatte längst herausbekommen, daß es sich hier um ein ganz junges Ehepaar handelte, das die erste gemeinsame Reise machte.

Pucki unternahm nun einen Spaziergang durch die Stadt. Dabei lockten sie die fröhlichen Weisen, die aus der Kochbrunnenhalle herausklangen. Sie ging in die Halle hinein, ließ sich ein Glas geben und wanderte nun, umschmeichelt von den Klängen der Musik, in der Wandelhalle auf und ab. Alle ihre Gedanken waren bei Claus, dem lieben, guten, der jetzt mit Doktor Behl gelehrte Gespräche führte. Diese gelehrten Gespräche waren für sie fürchterlich! Jede Krankheit, von der Claus sprach, hatte einen lateinischen Namen, den sie nicht kannte. Wenn er von einem Fall sprach, bemühte er sich zwar, ihr gegenüber recht klar zu reden, aber hin und wieder rutschte ihm doch ein lateinischer Ausdruck heraus.

„Nun muß ich auf meine alten Tage noch Latein lernen, damit ich meinen Mann verstehe“, meinte Pucki. „Es könnte doch sein, daß ein Patient kommt, der eine gefährliche Krankheit hat. Wenn ich dann helfen soll, muß ich wissen, was ihm fehlt. Das kann mir Claus in Gegenwart des Schwerkranken nur lateinisch sagen. – Ach, was werde ich noch alles lernen müssen!“

Ein Kichern schlug plötzlich an ihr Ohr. Die junge Frau hatte auf die Tische, die rechts und links in der Wandelhalle standen, keinen Blick geworfen. Die Kurgäste, die hier ihren Brunnen tranken, beachtete sie nicht, sie dachte nur an ihren Claus.

„Hihihi, das ist doch Fräulein Sandler!“

Jäh blieb Pucki stehen und wandte den Kopf nach rechts hinüber. Da sah sie an einem der Tische einen weißhaarigen Herrn sitzen und neben ihm ein junges Mädchen mit weißem Häubchen.

Pucki erkannte den alten Herrn sofort. Das zerknitterte Gesicht mit den dunklen Vogelaugen würde sie nie vergessen, und wenn sie hundert Jahre alt werden sollte. Das war kein anderer als Herr Wallner, jener unangenehme alte Herr, der dafür gesorgt hatte, daß ihr die erste Stellung, die sie in Eisenach bei drei Kindern angenommen hatte, zur Hölle wurde. Großpapa Wallner, der alte Griesgram, hatte ihr in der Zeit ihres Dortseins ewig zugesetzt und dafür gesorgt, daß sie sehr bald eine Kündigung erhielt.

„He – Fräulein Sandler!"

Pucki zögerte. Sollte sie weitergehen und den abscheulichen Mann mit Verachtung strafen? Er würde ihr gewiß keine freundlichen Worte sagen und sie nur an die schreckliche Zeit in Eisenach erinnern. Doch schon im nächsten Augenblick besann sie sich. Sie war ja nicht mehr das Fräulein Sandler, nicht mehr die Angestellte des Wallnerschen Hauses, sie war jetzt eine junge Doktorfrau, die ihren eigenen Hausstand hatte.

Langsam trat sie an den Tisch heran. „Welch seltsames Zusammentreffen, Herr Wallner. Sind Sie hier zur Kur?" Pucki bemühte sich, recht sicher aufzutreten. Absichtlich sprach sie sehr langsam und ein wenig geziert.

„Ich wundere mich sehr, Sie hier zu treffen. Sind Sie hier wieder in Stellung? Und vergessen Sie, daß Sie Pflichten gegen Ihre Herrschaft haben?"

Pucki lächelte herablassend. „Ihre Laune hat sich scheinbar noch immer nicht sehr gebessert, Herr Wallner."

„Was heißt das, Fräulein Sandler?" brauste er auf.

„Zunächst möchte ich mich Ihnen als Frau Doktor Gregor vorstellen. Ich bin seit einiger Zeit verheiratet. Mein Mann und ich haben Wiesbaden aufgesucht, nachdem eine wunderschöne Rheinreise hinter uns liegt."

„So sehen Sie aus", polterte Herr Wallner heraus. „Den Mann möchte ich kennenlernen, der Sie geheiratet hat. Oh, ich kenne Sie!" Dann wandte er sich an die Krankenschwester, die schweigend neben ihm saß. „Das ist das junge Mädchen, von dem ich Ihnen erzählt habe, das meine Enkelkinder allein auf der Wartburg ließ, meine Zigarrenkiste ausraubte und dann in einem Brief schrieb, sie möchte den alten Großvater am liebsten erwürgen."

Pucki neigte herablassend den Kopf, dann schickte sie sich an, wieder weiterzugehen. Da sprang der alte Herr mit jugendlichem Feuer auf und hielt seinen Spazierstock derart vor Pucki hin, daß sie ohne Zweifel darüber hätte stolpern müssen, wenn sie weitergegangen wäre.

„Hihi, verheiratet!" kicherte der alte Herr.

Puckis Gesicht färbte sich dunkelrot. Herr Wallner sprach nicht gerade leise. So war der Nebentisch bereits aufmerksam auf sie geworden.

„Also verheiratet sind Sie? Das soll ich Ihnen glauben? Freilich, Sie hatten ja schon damals allerhand Freunde. Den Hans Rogaten, mit dem Sie stundenlang durch den Fernsprecher verhandelten. Dann war noch einer –"

„Und dieser andere ist jetzt mein Mann. Im übrigen verstehe ich nicht, daß Sie sich mit mir in eine Unterhaltung einlassen, da ich Ihnen so unsympathisch bin, Herr Wallner. Ich bitte Sie dringend, lassen Sie mich gehen."

„Wo wohnen Sie denn?"

„Das kann Ihnen einerlei sein."

„Nun freilich, Sie werden Ihre guten Gründe haben, mir Ihre Wohnung zu verschweigen. Verheiratet? – Hihihi – für mich sind und bleiben Sie das Fräulein Sandler."

„Und dieses Fräulein Sandler geht nun ihres Weges. – Bitte, lassen Sie mich gehen oder – ich rufe meinen Mann."

„So rufen Sie ihn doch!"

Pucki kochte innerlich. Sie hatte längst bemerkt, daß man sie von allen Seiten beobachtete und der Unterredung, die sie mit dem alten Herrn führte, lauschte. Außerdem schallte es in der hochgewölbten Halle so sehr, daß auch weiter entfernt Stehende jedes Wort deutlich vernahmen.

„Na?“ kicherte der alte Herr, „wo bleibt denn der Ehemann? Gehen Sie lieber zu den Kindern Ihrer Herrschaft! Nun, wir werden uns hier noch öfters treffen.“

Jetzt war es Pucki gelungen, sich freizumachen. Mit raschen Schritten eilte sie durch die Halle, hinaus in den Garten und atmete erst erleichtert auf, als sie die Taunusstraße erreicht hatte.

„Muß mir gerade dieses Ekel in den Weg laufen! Aber ich werde es Claus sagen. Morgen werde ich mit ihm wieder in die Halle gehen. Vielleicht ist das Scheusal auch wieder dort. Dann soll er mich an der Seite meines Mannes sehen. Ich will ihm das Fräulein Sandler schon anstreichen! Er soll merken, daß sich Fräulein Sandler manches gefallen lassen mußte, aber Frau Doktor Gregor hat das nicht mehr nötig!“

Mit finsterem Gesicht wanderte Pucki weiter. Vor einem Schaufenster machte sie halt und betrachtete die Auslagen. Als sie sich umwandte, sah sie plötzlich das junge Mädchen mit der weißen Haube, das vorhin neben Herrn Wallner gesessen hatte, in allernächster Nähe stehen. Pucki ging weiter, wandte sich jedoch bald wieder um. Die Pflegeschwester folgte ihr in einiger Entfernung. Wieder blieb die junge Frau vor einem Schaufenster stehen, und auch die Schwester verhielt den Schritt.

Zornig steuerte Pucki auf sie zu: „Warum verfolgen Sie mich?“

„Entschuldigen Sie, aber Herr Wallner gab mir den Auftrag, Ihnen nachzugehen. Er will wissen, wo Sie wohnen. Ach, ich kann wirklich nichts dafür, denn ich bin in seinen Diensten.“

„Das ist ja unerhört“, brauste Pucki auf. „Was geht es Herrn Wallner an, wo ich wohne.“

„Ich kann wirklich nichts dafür.“

Wieder wollte Pucki aufbrausen, da sah sie, daß sich die Augen des jungen Mädchens mit Tränen füllten. Und nun dachte sie plötzlich an ihre eigene Stellung im Hause Wallners, daß auch sie damals so manche Träne vergossen hatte, weil der alte Herr gar zu abscheulich war. Vielleicht stand dieses junge Mädchen ebenfalls unter der Knute dieses häßlichen Mannes und mußte in ihrer Stellung ausharren, wie Pucki seinerzeit ausharren wollte, weil es die Verhältnisse verlangten.

„Sie sind bei Herrn Wallner angestellt?"

„Ja, sein Sohn in Eisenach wünschte, daß er von einer Krankenschwester begleitet würde. Er läßt sich häufig im Wagen fahren, dabei kann er noch ganz gut laufen. Mitunter macht er weite Ausfahrten, dann muß ich ihn stundenlang schieben."

„Das sieht ihm ähnlich. Ich kann mir denken, daß Sie es schwer haben. Bitte, verzeihen Sie, daß ich Sie vorhin böse anredete."

„Es ist gewiß nicht leicht, bei Herrn Wallner in Stellung zu sein, aber ich muß aushalten. Ich habe noch vier jüngere Geschwister und einen kranken Vater zu versorgen."

„Können Sie keine bessere Stellung finden?"

„Ich bemühe mich schon um einen anderen Posten, aber leider fand ich noch nichts Geeignetes."

Pucki ließ sich einiges aus dem Leben des jungen Mädchens erzählen.

„Wollen Sie mir nicht sagen, wo Sie wohnen, Frau – Frau – –"

„Doktor Gregor", ergänzte Pucki.

„Ich heiße Faupe, aber Herr Wallner nennt mich stets Fräulein Faulpelz. Ich bat ihn mehrfach, davon abzulassen, weil es mir im Hotel peinlich ist, wenn er mich vor den Fremden Fräulein Faulpelz ruft. Seit er weiß, daß ich mich darüber ärgere, tut er es um so öfter."

„Natürlich, das sieht ihm ähnlich", sagte Pucki. „Aber ich glaube, ich kann Ihnen helfen, Fräulein Faupe. Ich finde es schrecklich, daß Sie in dieser Stellung bleiben müssen. Kündigen Sie, und wir suchen etwas anderes. Mein Mann wird Ihnen sicher gern dabei behilflich sein!"

„Es ist nicht so einfach."

„Mein Mann ist Arzt. Ärzte können immer eine Hilfe brauchen. Mein Mann ist zwar noch ein ganz junger Arzt und zunächst helfe ich ihm bei der Arbeit, aber mein Mann hat in Ärztekreisen viele Bekannte. Ich spreche noch heute mit ihm darüber, und er verschafft Ihnen sicherlich etwas Passendes."

„Ach, Frau Doktor Gregor, ich wäre Ihnen von Herzen dankbar, wenn Sie sich meiner ein wenig annehmen wollten. Ich gebe mir die größte Mühe, Herrn Wallner zufriedenzustellen, aber –"

„Ich weiß, daß das ganz unmöglich ist, er ärgert einen bis zum Platzen! Der Mann ist krankhaft veranlagt, sonst wäre sein Benehmen ja nicht zu erklären. Ich spreche noch heute mit meinem Manne. Er muß Ihnen helfen, er weiß gewiß Rat. Kündigen Sie dem Herrn Wallner, alles andere nehme ich in die Hand."

Nochmals bedankte sich die Schwester, dann wurde sie unruhig, da sie meinte, Herr Wallner erwarte ihre Rückkehr.

Pucki lachte auf. „Da er Sie beauftragt hat, mir zu folgen, damit Sie mein Hotel ausfindig machen, muß er sich sagen, daß das recht lange Zeit in Anspruch nehmen kann. – Sagen Sie ihm, ich wäre hinauf zum Neroberg gegangen. – Wie wäre es, Fräulein Faupe, wenn Sie den Auftrag dieses unangenehmen Menschen zu einem Spaziergange mit mir benutzten?"

„Wie gerne würde ich das tun, aber – es geht nicht. Herr Wallner schilt ohnehin den ganzen Tag mit mir."

„Ich rede noch heute mit meinem Mann; vielleicht weiß er sofort etwas. Morgen kündigen Sie und sagen dem alten Herrn gründlich Ihre Meinung. Oh, ich hätte wirklich Lust, dabei zu sein."

„Liebe Frau Doktor Gregor, Sie mögen vielleicht den Mut dazu haben, aber ich wage Herrn Wallner gegenüber nicht den Mund zu öffnen."

Die Erinnerung stieg in Pucki auf. War es ihr nicht genau so ergangen? Stumm hatte sie die unberechtigten Vorwürfe des alten Herrn entgegengenommen, und erst, als es gar zu viel wurde, öffneten sich ihre Lippen. Wenn aber die arme Krankenschwester darauf angewiesen war, Geld zu verdienen, so mußte sie gar vieles einstecken. Zu traurig, daß sie gerade an diesen häßlichen Menschen gekommen war.

„Vielleicht wäre es doch gut“, überlegte Pucki, „wenn ich Herrn Wallner einmal meine Meinung sagte. Nicht Sie, Fräulein Faupe, sondern ich! Ich habe ohnehin noch eine Rechnung mit ihm zu begleichen. Die gestohlene Zigarre habe ich ihm noch nicht vergessen. Vielleicht kommt er endlich zur Vernunft, wenn ich ihm vorhalte, welch gemeiner Mensch er ist. Nur möchte ich ihn ohne Zeugen sprechen. Es war vorhin sehr peinlich für mich, daß so viele zuhörten.“

„Ich habe längst gewünscht, Frau Doktor Gregor, daß jemand Herrn Wallner einmal ins Gewissen redet. Er sieht in seinen Angestellten kaum noch Menschen, er weiß nichts von Nächstenliebe und von Barmherzigkeit.“

„Sitzt er jeden Morgen in der Kochbrunnen-Halle?“

„Ja, aber am Nachmittag machen wir Spaziergänge. Für heute nachmittag kündigte er mir an, daß er im Rollstuhl nach dem Neroberge wollte. Ich soll ihn oben umherfahren. Es ist nicht leicht, den Rollstuhl die steile Kapellenstraße hinaufzuschieben.“

„Heute nachmittag?“ sagte Pucki nachdenklich. „Das wäre eine prachtvolle Gelegenheit. Er kann dabei meinen Mann kennenlernen. Na, der läßt sich die Butter nicht vom Brot nehmen, der duldet nicht, daß man seine junge Frau so unhöflich behandelt. Der wird es ihm schon zeigen! Um welche Zeit sind Sie auf dem Neroberge?“

„Von zwei bis vier Uhr schläft Herr Wallner, dann trinkt er Kaffee, und dann werden wir fahren.“

„So sind Sie täglich von zwei bis vier Uhr frei? Da könnten Sie mit meinem Manne über eine neue Stellung reden?“

„O nein, ich habe in dieser Zeit zu arbeiten.“

„Vielleicht Strümpfe stopfen?“ klang es bitter aus Puckis Munde. Sie erinnerte sich mit Entsetzen an den riesigen Flickkorb, den sie, als sie ins Wallnersche Haus gekommen war, vorgefunden hatte.

„Das nicht. Stopfen brauche ich nur selten. Aber ich muß Umschläge kleben.“

„Was müssen Sie?“

„Ach, es ist geradezu lächerlich, Frau Doktor Gregor. Aber da Sie auch bei Wallners waren, wissen Sie ja, wie genau der alte Herr ist. So sammelt er die eingehenden Briefumschläge, ebenso alle einseitig bedruckten Prospekte. Daraus muß ich Briefumschläge schneiden oder die benutzten Briefumschläge wenden.“

„In ein Narrenhaus gehört dieser Mann, aber nicht unter normale Menschen! Ich hoffe, Fräulein Faupe, daß Ihre Leidenszeit bald ein Ende hat. Ich will meinen Mann so lange bitten, bis er Sie irgendwo untergebracht hat. Gerade heute besucht er ein Sanatorium. Vielleicht ist dort eine Stelle frei. Es wird schon klappen. Nur nicht den Mut verlieren!“

Die Krankenschwester war zwar nicht so zuversichtlich wie Pucki, aber deren gütige Worte taten ihr wohl. Auch die Unterhaltung mit einem jungen, fröhlichen Menschen erquickte sie. Die Stellung, die sie seit wenigen Monaten inne hatte, war unsagbar schwer. Selbst hier in Wiesbaden war sie vielen Kränkungen ausgesetzt. Pucki erfuhr, daß Wallner sogar bei der Verpflegung sparte. Er ließ für seine Pflegerin täglich nur eine halbe Mittags- und Abendportion bringen. Oft mußte sich das junge Mädchen noch einige Semmeln kaufen, um satt zu werden.

In Puckis Augen flackerte es drohend auf. „Dem sage ich heute noch meine Meinung. Aber der soll die Sprache verlieren.“

Die Schwester schaute bedrückt zu Boden. „Ich weiß nicht“, sagte sie endlich zögernd, „ob ich Ihnen das alles hätte sagen dürfen. Wenn mein Dienst auch schwer ist, so darf ich doch nie vergessen, daß Herr Wallner ein kranker Mann ist.“

„Er ist ein scheußlicher Nörgler und ein Egoist. Dem werde ich meine Meinung schon sagen.“

„Ich glaube, Sie wissen zu wenig von seinem Leiden. Er ist oft schon in Anstalten und Sanatorien gewesen, aber sein Zustand bessert sich nicht. Er hat oft sein qualvolles Nervenzucken. Gehen Sie mit ihm nicht zu streng ins Gericht! Es war nicht recht von mir, daß ich klagte. Aber mitunter wird es doch zu schwer."

„Wenn man noch so krank ist, so darf man doch seine Mitmenschen nicht quälen. Wenn er keine Rücksichten nimmt, so brauche ich das auch nicht zu tun."

„Ich weiß nicht, ob Sie mir damit einen Dienst leisten, Frau Doktor Gregor. Sie meinen es gewiß gut, aber Herr Wallner wird nur noch zorniger werden, wenn er erfährt, daß ich Ihnen mein Leid geklagt habe."

„Sie werden die Stellung kündigen. Mein Mann hilft Ihnen bestimmt. Diesem Griesgram aber kann es nicht schaden, wenn man ihm einen Spiegel vor das Gesicht hält."

„Trotzdem möchte ich Sie bitten, zu bedenken, daß er krank ist. Ich vergesse es leider mitunter auch. Aber ich glaube, ich muß nun umkehren. Herr Wallner wird mich bereits vermissen."

„Da haben wir es wieder! Nicht einmal einen kurzen Spaziergang gönnt er Ihnen. Ich glaube, er ist noch schlimmer geworden als vor drei Jahren."

„Wollen Sie mir sagen, wo Sie wohnen?"

„Ja, aber nur Ihnen. Sie müssen es wissen, damit Sie sich an uns wenden können. Wir bleiben allerdings nur noch acht Tage hier. Aber bis dahin hat sich für Sie sicher eine Stellung gefunden."

Pucki nannte das Hotel, und auch die Krankenschwester schrieb ihre Anschrift auf. Noch einmal erklärte Pucki mit größter Bestimmtheit, daß eine Stellung gefunden werden würde.

Mit herzlichen Dankesworten verabschiedete sich die Schwester von der jungen Frau, und wenn sie auch nicht daran glaubte, daß ihr Doktor Gregor eine andere Stellung verschaffen könnte, so fühlte sie sich doch schon dadurch beglückt, daß jemand Teilnahme an ihrem Schicksal zeigte.

Pucki überlegte unterdessen, ob sie Claus von ihrem Zusammentreffen mit Herrn Wallner erzählen oder ob sie damit bis heute nachmittag warten solle. Sie würde sich, wenn sie von Herrn Wallner sprach, wieder unnötig in Zorn und Grimm reden, und sie wollte Claus doch keine Falte auf der Stirn zeigen.

„Noch vor einer Stunde sagte ich, ich lasse mir durch nichts die gute Laune verderben. Nun kommt dieser Griesgram, und mein Inneres kocht und siedet. Ich werde jetzt lieber doch schweigen. Aber heute nachmittag gehen wir hinauf zum Neroberg. Hihihi, du alter Großpapa, Fräulein Sandler rechnet mit dir ab!" –

Pünktlich um ein Uhr betrat Pucki das Weinrestaurant des Kurhauses. Claus war bereits anwesend. Er studierte gerade eingehend die Weinkarte. Pucki empfing ihn mit einem freudigen Ruf. Sie hatte das Gefühl, als hätte sie ihren Mann monatelang nicht gesehen. Die Wolken waren von ihrer Stirn verschwunden, nur ein spitzbübisches Leuchten stand in ihren Augen.

Claus bemerkte das sofort: „Nun, kleine Pucki, was hast du erlebt?"

„Ich brauche eine Stelle für eine Krankenschwester, Claus, möglichst sofort. – Du mußt mir eine verschaffen. Das wünsche ich mir noch als Hochzeitsgeschenk."

„Kleine Frau, du hast dir schon hundertmal etwas als Hochzeitsgeschenk gewünscht. Achtzig Prozent wurden dir bereits erfüllt. Wo aber soll ich eine Stelle für eine Krankenschwester sogleich hernehmen?"

„Im Sanatorium bei Doktor Behl wird gewiß etwas frei sein. – Claus, du mußt unbedingt eine Stelle schaffen, denn es steht sehr viel auf dem Spiel. – Ich habe einem jungen Mädchen ziemlich fest versprochen, daß es durch dich eine Stellung bekommt."

„Aber Pucki –!"

„Lieber, goldener Claus, fange nicht wieder mit dem Aber an. Es muß sein! Du hast mir einst gesagt, wenn man will, kann man alles. Du hast gesagt, wenn es im Leben nicht recht vorangehen will, so schlägt man mit der Faust auf den Tisch – –“ Pucki ließ die Faust niederfallen, daß die Gläser leise klangen.

„Pucki, du bist nicht im Forsthause!“

„O weh!“ rief sie, über sich selbst erschrocken. „Aber das kommt davon, wenn man Sorgen hat. – Claus, mein einziger Claus, ich will mir heute den ganzen Tag nichts anderes wünschen als eine Stellung für Fräulein Faupe.“

„Von dieser Dame hast du mir noch nie etwas erzählt. Ich kenne doch deine Bekanntschaften alle, wenigstens dem Namen nach.“

Pucki legte die Hand auf den Mund. Wenn sie jetzt von ihrer Begegnung mit der Krankenschwester mehr erzählte, konnte Herr Wallner nicht ausgelassen werden. Schon runzelte sich wieder ihre Stirn, wenn sie an den Großpapa dachte.

„Claus“, bat sie zärtlich, „überlege einmal! Du hast so viele Studienfreunde, einer wird sicherlich eine Krankenschwester brauchen. Aber nun will ich erst einmal aussuchen, was ich essen möchte, und inzwischen erzählst du mir, wie es im Sanatorium war.“

Claus erzählte. Nachdem er geendet hatte, fragte er noch einmal nach der Krankenschwester.

„Erst heute nachmittag erfährst du alles“, sagte Pucki geheimnisvoll.

„Heute nachmittag werden wir eine Autofahrt nach Schlangenbad machen, denn du mußt auch diesen schönen Ort kennenlernen.“

„Unmöglich – heute nachmittag habe ich eine Verabredung.“

Claus erhob lächelnd den Finger. „Du – auf der Hochzeitsreise läßt man den Ehemann nicht allein, man hat auch keine Verabredungen.“

„Wir gehen gemeinsam hinauf zum Neroberg.“

„Da waren wir doch schon, kleine Frau.“

„Aber heute gehen wir zum letzten Male hinauf. Ach, Claus, mein lieber, lieber Claus, diesen Spaziergang wünsche ich mir als letztes Hochzeitsgeschenk."

Lachend gab Claus nach. Er ahnte bereits, daß Pucki etwas Besonderes vorhatte, er brauchte ihr ja nur in die blitzenden Augen zu sehen. So wurde die Fahrt nach Schlangenbad auf den nächsten Tag verschoben.

Nach dem Essen wollte Claus sogleich aufbrechen.

„O nein", lachte Pucki, „erst um vier Uhr, denn jetzt – klebt sie noch Umschläge."

„Kleine liebe Frau, was sind das für geheimnisvolle Andeutungen? Was ist mit der Krankenschwester los?"

„Frage jetzt nicht, Claus! Ich wünsche mir als allerletztes Hochzeitsgeschenk, daß du nach dieser Richtung hin keine Frage mehr an mich stellst, bis die Stunde gekommen ist."

„Wie schwer hat es ein Ehemann", seufzte er komisch. „Aber dein ewiges Wünschen hört auf, Pucki, wenn wir daheim sind. Dann bin ich der Herr im Hause."

„Ja, Claus, bis dahin wird die Krankenschwester gewiß eine Stellung gefunden haben."

„Um eines möchte ich dich bitten, Pucki. Versprich in Zukunft nicht jedem, der sich an dich wendet, Beistand und Hilfe. Es ist gewiß gut, wenn du dich bemühst, das Leid und die Not anderer zu lindern und nach Kräften zu helfen, aber deswegen darf dein gutes Herz nicht mit dir durchgehen, sonst machst du deinen armen Mann bankerott."

„Habe keine Angst, lieber, lieber Claus! Wenn ich erst deine Mitarbeiterin bin, wenn die Rahnsburger wissen, welch tüchtiger Arzt du bist, verdienen wir viel mehr als wir brauchen." – –

Am Nachmittag gingen beide hinauf zur griechischen Kapelle und zum Neroberg. Claus glaubte, daß Pucki im Turmrestaurant den Kaffee einnehmen wollte, sie lehnte jedoch ab. Sie schaute die vielen Wege entlang, die hier einmündeten, sie lief hin und her, so daß Claus schließlich fragte, ob sie etwas suche.

„Rache will ich nehmen!“

„Brrr, das klingt ja schauerlich! Hier oben auf dem Neroberg? Deswegen durften wir nicht nach Schlangenbad?“

„Sag mal, Claus: Wenn du einen Menschen wüßtest, der alle Mitmenschen ärgert und quält, was würdest du mit solch einem Menschen machen?“

„Es ist gefährlich, meiner kleinen Pucki diese Frage zu beantworten.“

„Claus, da unten kommen sie!“

„Wer?“

„Der Großpapa, dieser schreckliche Mensch. Der Herr Wallner! Ich habe ihn heute morgen getroffen. Er war furchtbar unverschämt. Nun soll er die Quittung haben. Für heute morgen und für Eisenach!“

„Du willst den alten Herrn zur Rede stellen? Einen Mann, der im Rollstuhl gefahren wird?“

„Ja, er braucht gar nicht gefahren zu werden. Er ist ganz gesund. Nur weil er seine Pflegerin quälen will, deswegen läßt er sich hier heraufschieben. Nun, jetzt sollst du mal was erleben, Claus. Du hast mich noch nie in Wut gesehen. Heute wirst du mich sehen!“

„Hoffentlich nicht, Pucki. Eine junge Frau, die in Wut gerät, ist kein schöner Anblick.“

„Ich rechne mit ihm ab!“

Er nahm sie am Kinn, drehte ihren Kopf herum und sah ihr in die Augen: „Abrechnen? Du? Mit diesem alten Herrn?“

„Ja“, sagte sie kleinlaut. „Gleich geht es los. Ich bin in der richtigen Laune.“

Der Krankenwagen hielt in einiger Entfernung. Die Schwester nahm die Decke ab, und Herr Wallner stieg heraus. Claus beobachtete aus der

Entfernung den weißhaarigen Herrn. Er hielt Pucki an seiner Seite fest, da sie die größte Lust zu haben schien, auf die Ankommenden zuzueilen.

„Pucki, ist das der Großvater aus Eisenach, der dich so ärgerte?“

„Ja! Wenn ich ihn sehe, steigt mir das Blut in den Kopf. Jetzt sollst du mal hören, wie ich mit ihm abrechne. Sieh nur, wie erschöpft seine Begleiterin ist.“

„Pucki, der alte Herr dort drüben ist ein Kranker!“

„Nein!“

„Er ist ein unglücklicher Mensch, der vielleicht durch sein Nervenleiden den Mitmenschen das Dasein schwer macht, der sich vielleicht nicht genügend beherrschen kann. – Pucki, du bleibst hier!“

„Nein, Claus! Ich halte es für meine Pflicht, dem Manne die Meinung zu sagen.“

„Deine Meinung, Pucki?“

Sie schaute ihren jungen Gatten betroffen an. Wie seltsam klangen seine Worte in ihrem Ohr!

„Der Mann ist ein Kranker, Pucki, ich wiederhole es dir. Danke deinem Schöpfer, daß du dieses Leiden nicht kennst, du junges, gesundes Blut. Und nun, glaube ich, habe ich dir genug gesagt. Nun magst du zu deinem Bekannten gehen, wenn du es durchaus willst. Aber richtiger wäre es vielleicht, wir schritten mit stummem Gruß vorüber.“

„Das ist – das ist – doch aber die Krankenschwester, der ich eine Stellung versprach, weil ich nicht wollte, daß sie noch länger von diesem gräßlichen Menschen geplagt wird.“

Nun ging Claus gerade auf die beiden Neuangekommenen zu.

„Von meiner Frau erfahre ich soeben, daß Sie Herr Wallner aus Eisenach sind. Da möchte ich nicht vorübergehen, ohne Sie zu begrüßen.“

Pucki war sprachlos. Wie konnte Claus so liebenswürdig zu diesem Menschen sprechen, der seine angetraute Frau so furchtbar beleidigt hatte.

Herr Wallner knurrte etwas Unverständliches.

Claus ließ sich dadurch nicht beirren. In ruhiger, aber freundlicher Weise sprach er weiter auf Herrn Wallner ein. Er erwähnte auch Puckis Aufenthalt in Eisenach und ließ durchblicken, daß es ihr erster Schritt ins Leben gewesen sei, an den sie heute zwar nur noch mit Unbehagen zurückdächte.

Währenddessen nagte Pucki an der Unterlippe. Sie wälzte noch immer die Worte im Kopfe herum, die sie diesem gräßlichen Manne sagen wollte. Aber erneut ergriff Claus das Wort. Er wandte sich dann auch an die Krankenschwester und riet ihr, sich ein wenig auszuruhen von der Anstrengung. Als aber Claus den alten Herrn dann aufforderte, gemeinsam hinein ins Restaurant zu gehen und den Kaffee einzunehmen, trat wieder das zornige Aufflammen in Puckis Augen.

„Ich mache lieber mit Fräulein Faupe einen Spaziergang."

„Weiß schon", brummte der alte Herr. „Sie wollen nicht mit mir zusammen sein."

„Nein, das will ich nicht! Sie können sich inzwischen von meinem Mann erzählen lassen, wann und wo wir heirateten."

Da geschah etwas ganz Unglaubliches. Der griesgrämliche alte Herr lachte auf: „Es scheint mir, daß ich Sie heute früh an Ihrer empfindlichsten Stelle getroffen habe, junge Frau."

„Oh", erwiderte Pucki rasch, „Sie haben mich schon manches Mal an einer empfindlichen Stelle getroffen, und die Zigarre hatte ich auch nicht genommen."

Wieder war es Doktor Gregor, der dem Gespräch einen humoristischen Anstrich gab. Er erreichte zwar nicht, daß seine junge Frau mit ins Restaurant kam, aber Herr Wallner hatte wenigstens nichts dagegen, daß seine Pflegerin mit Pucki spazierenging.

„In einer halben Stunde sind Sie wieder bei mir, Fräulein Faulpelz", sagte er zu ihr.

Im Fortgehen hörte Pucki die Worte ihres Mannes, der voller Erstaunen sagte: „Faulpelz heißt die junge Dame? Wie peinlich für das nette junge Mädchen. Wie mag es unter diesem Namen leiden. Ich glaube, es gibt genug taktlose Menschen, die sie mit diesem Namen verhöhnen. Vielleicht erspart man dem jungen Mädchen das Peinliche, indem man es in Zukunft nur mit ›Schwester‹ anredet."

Da konnte es Pucki nicht unterlassen, noch aus der Entfernung ein spöttisches Lachen anzustimmen. Sie hatte dem alten Herrn in Gegenwart ihres geliebten Claus die Meinung nicht sagen können, aber er würde sicherlich alle die Schändlichkeiten rächen, die sich Herr Wallner seiner jungen Frau gegenüber hatte zuschulden kommen lassen.

Als Pucki und die Pflegeschwester nach fast fünfzig Minuten langsam zurückkehrten – mit Absicht hatte Pucki dafür gesorgt, daß die bewilligte Urlaubszeit überschritten wurde – fand sie die beiden Herren in lebhafter Unterhaltung. Herr Wallner begrüßte sie sogar ziemlich freundlich. Pucki konnte darüber nicht genug staunen. Wie war es möglich, den alten Griesgram derart zu verändern?

„Sie haben einen prächtigen Mann bekommen, junge Frau", sagte Herr Wallner. „Ich hätte nicht gedacht, daß das Fräulein Sandler einen so guten Mann bekommen würde. – Na, Sie scheinen in guter Schule zu sein. Der Herr Gemahl wird die Kandare schon fest anziehen."

„Ist gar nicht nötig", lachte Claus, „Kandare und Zwang gibt es in meiner Ehe nicht und wird es niemals geben, Herr Wallner. Bei uns wird alles mit lieben Worten gemacht."

„Was sagen Sie zu meinem Vorschlag, Herr Doktor? Sie haben mir darauf noch nicht geantwortet?"

„Das will überlegt sein, Herr Wallner, denn ich bin weder Nervenarzt, noch habe ich ein Sanatorium."

„Sie haben mir Ihre Gegend in den herrlichsten Farben geschildert. Der prachtvolle Wald bei Rahnsburg, die gute Luft. – Na, und Ihre Behandlung ist auch nicht zu verachten."

„Was wollen Sie?" fragte Pucki mit weit geöffneten Augen.

„Mich als Patient in Ihr Haus begeben."

„Sie – –?" Mehr konnte Pucki vor Entsetzen nicht hervorbringen. Sie sandte einen hilfesuchenden Blick zu ihrem Gatten hinüber. „In unser Haus?" klang es matt.

„Nein", beruhigte Claus seine vor Schreck schier erstarrte junge Frau. „Das Haus in Rahnsburg ist nicht geeignet, um Gäste oder Patienten aufzunehmen. Außerdem weiß ich nicht, ob Ihnen auf die Dauer der Aufenthalt in dem kleinen Städtchen zusagt. Sie haben in Thüringen die beste Luft, Waldluft – –"

„Aber Sie gefallen mir", erwiderte der alte Herr eigenwillig, „Sie sind der Arzt nach meinem Geschmack. Zu Ihnen hätte ich Vertrauen. Ich habe es sofort gemerkt, daß Sie in mir einen Kranken sehen. Also gebe ich mich in Ihre Behandlung. Vielleicht ist in Rahnsburg ein Forsthaus, in dem ich wohnen könnte und das nicht gar zu weit abliegt."

„Himmel – –" sagte Pucki unterdrückt.

„Was gibt es denn zu stöhnen?" fuhr Herr Wallner erregt fort. „Also abgemacht, Herr Doktor Gregor, ich werde möglichst bald die Übersiedlung vornehmen. Machen Sie aus mir wieder einen gesunden Menschen. Übernehmen Sie es auch, mir in Rahnsburg oder dicht dabei eine passende Unterkunft zu suchen. Am liebsten ginge ich in ein Forsthaus."

„Vielleicht überlegen Sie sich die Sache noch einmal, Herr Wallner, denn wir gehen auf den Winter zu."

„Nein, ich will nach Rahnsburg, und Fräulein Faulpelz, äh – Fräulein Faupe – kommt mit mir."

Herr Wallner verstummte. Er verstand nicht recht, warum Claus plötzlich herzlich zu lachen anfing. Aber er mußte lachen, wenn er in das Gesicht seiner Frau sah. Geradezu Entsetzen schien ihr der Gedanke einzuflößen, daß der Großpapa in Behandlung ihres Mannes kommen wollte. Nun war es aus mit dem Frieden in Rahnsburg! Der Griesgram würde auch weiterhin dafür sorgen, daß sie gepeinigt wurde, sie, die Hilfe des jungen Arztes. Aber das wußte Pucki schon jetzt: Wenn der Großpapa wirklich nach Rahnsburg kam, floh sie aus dem Sprechzimmer, sobald er sich darin zeigte.

„Wann kann ich Sie morgen sprechen, Herr Doktor?"

„Ich mache morgen mit meiner Frau einen Ausflug nach Schlangenbad."

„Ich komme mit."

„Gewiß, Herr Wallner, fahren wir zu viert. Vielleicht können wir uns ein Auto nehmen. Wir brauchen uns dann nicht nach den Abfahrtszeiten der Züge zu richten."

„Zu viert? – Wen wollen Sie noch mitnehmen?"

„Fräulein Faupe. – Ich glaube kaum, daß Sie ohne Ihre treue Pflegerin diese Ausfahrt machen können."

Auch jetzt wieder brummte Herr Wallner etwas Unverständliches. Doch Doktor Gregor sagte rasch: „Es ist so am besten. Wir beide können uns dann ungestört über Ihre Zukunftspläne unterhalten, während sich die beiden Damen über anderes unterhalten."

„Die Umschläge werden doch wohl Zeit haben", warf Pucki spitz ein.

„Eine Kratzbürste sind Sie bis heute geblieben", sagte Herr Wallner.

„Also auf morgen", sagte Claus rasch. „Um zehn Uhr am Kurhaus. Ist es Ihnen recht? Wir werden den ganzen Tag fortbleiben."

„Sie scheinen gute Einnahmen zu haben, Herr Doktor. Junge Ärzte verdienen im allgemeinen noch nicht viel."

„Wir sind auf unserer Hochzeitsreise, Herr Wallner. Später wird gespart."

„Daß Sie mir aber keine zu große Rechnung machen, wenn ich mich von Ihnen behandeln lasse. Ich kenne die Sätze, Herr Doktor."

Wieder lachte Claus belustigt und tätschelte dem alten Herrn die Hand.

Zu Fuß ging man zurück nach Wiesbaden. Der alte Herr konnte prachtvoll laufen, und Pucki machte eine ärgerliche Bemerkung darüber. Da winkte Claus mit den Augen ab. Er sah wohl, daß seine junge Frau übler Laune war, denn bei jeder Gelegenheit versetzte sie dem alten Herrn einen Nadelstich.

Schließlich trennte man sich.

„Wir fahren doch morgen nicht nach Schlangenbad, Claus? Der heutige Nachmittag ist mir gründlich verdorben, und ich würde morgen, wenn ich dem alten Nörgler gegenübersäße, aus der bösen Stimmung nicht herauskommen. Den ganzen Aufenthalt in Wiesbaden verdirbt er mir! Nichts habe ich von der schönen Hochzeitsreise, solange der alte Großpapa in der Nähe ist."

Mit zwei Fingern strich Claus über die tiefe Falte, die sich auf Puckis Stirn zeigte. Dann sagte er dramatisch: „Ich lasse mir die gute Laune nicht verderben. Das habe ich mir geschworen."

„Ach, Claus", sagte Pucki weinerlich.

Er zog sie in die Arme und küßte sie innig. „Kleiner Liebling, wäre es nicht herrlich, wenn wir aus dem alten kranken Griesgram einen einigermaßen leidlichen Menschen machten?"

„Das wirst du niemals fertigbringen!"

„Na, Pucki, das wollen wir ruhig abwarten. Aber ich glaube, der morgige Ausflug kann trotzdem nett werden. Fräulein Faupe freut sich sicherlich darauf – und ich auch. Willst du uns die Freude verderben?"

„Claus – ich glaube, ich verstehe dich! Ein junger Arzt interessiert sich für jeden Kranken, er darf keinen Patienten laufen lassen. Das wird dich bestimmen, dich dieses Mannes anzunehmen. So werde ich als deine treue Mitarbeiterin in den sauren Apfel beißen, denn auf Überraschungen muß ich ja gefaßt sein, so sagtest du. – Ach, daß der alte Mann doch nie nach Rahnsburg käme!“

Dr. Gregors rechte Hand

Wie ein schöner Traum lag die Hochzeitsreise hinter den jungen Eheleuten. Das Zusammensein mit Herrn Wallner hatte Pucki überwunden, zumal Claus immer dafür gesorgt hatte, daß ihre frohe Laune erhalten blieb. Wenn sich Wolken des Unmutes auf ihrer Stirn zeigten, sagte er scherzend:

„Denke an die Patienten, wir dürfen uns keinen einzigen verscherzen.“

Sogar der Besuch in Eisenach hatte in Pucki keine Mißstimmung hervorgerufen. Die Erinnerung an das Einst schwand, als sie mit Claus durch den herrlichen alten Schloßbau ging. Nur Freude und Glück erfüllten sie.

Auf der Heimkehr leuchteten ihre Augen nicht minder hell, denn jetzt ging es ans Arbeiten und an die Erfüllung der Pflichten. Die guten Eltern hatten inzwischen das junge Heim warm eingerichtet; eine hübsche Wohnung erwartete das junge Paar. Pucki konnte es nur schwer fassen, daß sie von nun an in demselben Arzthause wohnen sollte, das sie als Kind so oft betreten hatte, um den lieben Onkel Doktor Kolbe zu besuchen.

Eine Arztfrau! – Wenn sich auch die Patienten nicht direkt an sie wandten, so kam es doch oft vor, daß die junge Frau in Abwesenheit des Arztes Auskunft geben und Trost zusprechen mußte. Daneben galt es auch zu helfen, vor allem aber dem Gatten wertvollen Beistand zu leisten.

Wenn sie daran dachte, überkam sie ein wenig Angst. Schon während der Heimfahrt schmiegte sie sich, einem verängstigten Vöglein gleich, an ihren Claus.

„Nehmen wir an, lieber Mann, es hat sich in Rahnsburg ein Autounglück ereignet und mit zerschmettertem Kopf wird uns der Chauffeur ins Haus getragen. Die Insassen haben Quetschungen und Knochenbrüche erlitten, du aber bist nicht zu Hause. – Da stehen nun die Leute im Flur, auf den Tragbahren die jammernden Verletzten. Ich laufe an den Fernsprecher und suche dich zu erreichen. – Inzwischen soll ich verbinden, Glieder schienen oder sonst etwas. Ach, Claus, was tue ich? Ich werde mir in solchen Fällen ganz bestimmt nicht zu helfen wissen, obwohl ich deine rechte Hand sein will."

„Wir wollen hoffen, daß sich in Rahnsburg derartige schwere Unfälle nicht ereignen."

„In der Waldstraße werden jetzt neue Häuser erbaut. Ziegel fallen vom Dach und verletzen die Straßengänger. – Schwerverletzt und zusammengebrochen werden mir die Leute ins Haus gebracht, und du bist nicht da. – Was tue ich, Claus?"

Lachend zog er seine erregte kleine Frau am Ohr. „Mache dir dein Köpfchen nicht heiß mit Dingen, die du dir ausdenkst. Warum sollte ich nicht zu Hause sein? Warum sollte so viel Unglück in Rahnsburg geschehen?"

„Du mußt in die umliegenden Ortschaften fahren, das weiß ich von Doktor Kolbe. Tagsüber werden wir nicht viel zu tun haben, aber nachts. Kaum legst du dich von anstrengender Arbeit nieder, – –"

„Da ich tagsüber nichts zu tun habe, bin ich auch nicht angestrengt, kleine Pucki."

„Ach, Claus, ich hoffe, das Schicksal wird mit uns im Bunde sein. Ich werde zu den Rahnsburgern sehr liebenswürdig sein, damit sie gern zu uns kommen. Wir müssen versuchen, die Leute zu uns heranzuziehen." –

„Nun, Pucki, da ich der einzige Arzt im Orte bin, bleibt ihnen ja nichts anderes übrig."

„Oh, doch! Wenn ich einen Arzt nicht leiden könnte, würde ich bestimmt nach Kolkow oder nach Meidenburg fahren. – Na, wir werden es schon schaffen!"

Dann waren sie endlich im eigenen Heim! – Das Haus, das das junge Paar bewohnte, war alt, es wies daher keine neuzeitlichen

Bequemlichkeiten auf. Aber Frau Sandler hatte im Verein mit Gregors die Wohnung des jungen Paares so traulich hergerichtet, daß Pucki auf ihr neues Heim sehr stolz war. Das schönste Zimmer war als Sprechzimmer ausgewählt worden, daneben lag ein Wartezimmer, in das Pucki vom Flur aus hineingehen konnte. Da die Küche gerade gegenüberlag, beschloß sie, ständig zwischen Küche und Wartezimmer hin und her zu eilen, damit sie die ankommenden Patienten im Auge behalten und die Ungeduldigen beruhigen konnte.

„An Tagen, an denen du viel zu tun hast, lieber Claus, koche ich etwas besonders Gutes, denn das sind für uns Feiertage. Außerdem mußt du gut essen, um bei Kräften zu bleiben. Es wird manch Aufregendes an dich herantreten, aber du hast mich, und ich bin deine rechte Hand."

Anfangs hielt es Pucki für überflüssig, für ihren Haushalt ein junges Mädchen anzunehmen. Sie behauptete, es mache ihr zuviel Freude, alles selbst zu tun. Als ihr Claus jedoch klarmachte, daß gerade ein Arzthaushalt außerordentlich viele Anforderungen stelle, gab Pucki nach. In der siebzehnjährigen Emilie Enderling fand sie ein anstelliges junges Ding, das sich von Pucki gern und willig anlernen ließ.

„Es ist gut", sagte die junge Hausfrau schon in der ersten Woche, „daß wir unsere Emilie haben, denn ich werde mich mehr den Patienten widmen können."

Mit Feuereifer stürzte sie sich in diese Arbeit. Sobald zwei Wartende im Zimmer saßen, gesellte sie sich zu ihnen. Sie hielt es für ihre Pflicht, die Leute zu unterhalten.

Da war eine junge Frau, die über alles mögliche klagte.

„Ach, das alles ist gar nicht so schlimm", sagte Pucki. „Mitunter bildet man sich nur etwas ein. Man muß den Schmerzen nicht immer nachgeben."

Doch schon im nächsten Augenblick fiel ihr ein, daß solche Rede nicht richtig sei, zumal sie merkte, daß auch die Patientin ihre Worte mißbilligend aufnahm.

„Das ist natürlich bei Ihnen anders“, ergänzte sie rasch. „Solche Leiden, wie Sie haben, können mitunter ernst werden, wenn man nicht beizeiten zum Arzt geht. Es sind Fälle vorgekommen, da verschlimmerte sich das Leiden derart, daß – –“ Wieder hielt Pucki im Sprechen inne, denn die Patientin begann heftig zu weinen.

„Glauben Sie wirklich, daß es bei mir so schlimm ist?“

Wieder mußte Pucki einsehen, daß sie durch ihr voreiliges Geschwätz mehr Schaden als Nutzen angerichtet hatte. Vielleicht hatte Claus doch recht, wenn er meinte, es sei richtiger, daß seine rechte Hand gemeinsam mit der Linken in der Küche tätig wäre und erst dann käme, wenn er sie riefe.

So verschwand Pucki auch heute wieder aus dem Wartezimmer, um beim Mittagessen Claus zu fragen, ob ihr Trost falsch oder richtig gewesen sei.

„Meine rechte Hand hat mir die Arbeit an dieser Patientin diesmal nicht erleichtert“, sagte er lächelnd. „Es ist besser, meine liebe kleine Pucki, du lernst erst eine rechte Arztfrau zu werden und hältst dich zunächst dem Wartezimmer fern. Was willst du auch dort? Die Patienten sind vollauf mit sich selbst beschäftigt oder sprechen miteinander. Außerdem liegen genügend Zeitungen und Zeitschriften aus. Also, bleibe in deiner Wohnung. Sollte ich dich einmal brauchen, so rufe ich nach dir.“

„Ich möchte dir doch so furchtbar gern helfen, Claus. Ich habe es mir wunderschön gedacht, dir beizustehen.“

„Das wird alles noch kommen, kleine Frau. Vorläufig machst du den Haushalt recht behaglich, damit ich“, fügte er scherzhaft hinzu, „nicht von Kräften komme.“

In der Wirtschaft gab sich Pucki die größte Mühe. Da die Wohnung vollkommen neu hergerichtet war und die Möbel gerade vom Tischler kamen, sah alles blitzblank aus. Die größten Schwierigkeiten bereitete ihr das Sprechzimmer des Gatten. Claus mußte seine junge Frau erst anlernen, damit sie ihm die Instrumente nicht in Unordnung brachte. Sie staunte über die vielen Zangen, Spritzen und die vielen anderen unerklärlichen Dinge. Immer wieder fragte sie, was dieses oder jenes Stück zu bedeuten habe.

„Ich muß alles genau wissen, lieber Claus, denn ich will dir doch helfen und dir eine Stütze sein. Wenn du mir eines Tages zurufst, ich soll dieses oder jenes Instrument holen, muß ich mit sicherer Hand das richtige greifen können. Ebenso muß ich die lateinischen Namen aller wichtigsten Krankheiten wissen, damit wir vor den Patienten den Namen der Krankheit nicht auszusprechen brauchen."

Wieder lachte er belustigt, lobte aber den Eifer seiner jungen Frau und meinte, sie solle nichts unnötig beschleunigen. Im Laufe der Jahre komme ihr diese Wissenschaft von selbst.

Hin und wieder ging Pucki hinaus zu den Eltern ins Forsthaus. Sandlers freuten sich über das Glück ihrer Tochter, aber auch über die verständige junge Frau, die sich bemühte, ihren Pflichten gerecht zu werden.

„Nur vor einem ist mir bange", sagte Pucki, „wenn nur kein Unglück geschieht und ich allein im Hause bin. Einen blutenden Mann oder eine blutende Frau – das kann ich nicht sehen. Ich weiß, ich falle sofort in Ohnmacht."

Die Zeit verrann gar schnell. Pucki stellte fest, daß sie heute, am 19. Oktober, genau einen Monat verheiratet waren. Das mußte natürlich besonders festlich gefeiert werden! Schon am frühen Morgen ging die Geheimniskrämerei los. Der Frühstückstisch sollte festlich geschmückt sein. Sie wollte mittags ihre Kochkünste zeigen und wählte als Gericht einen Filetbraten.

Ein saftiges, gut gebratenes Filet war immerhin schon ein Beweis, daß man etwas von der Kochkunst verstand. Sie mußte gut aufpassen, damit es wirklich gelang, denn heute sollte ihr Claus den Beweis erhalten, daß sie in der Küche etwas Gutes leistete.

Die Sprechstunden am Vormittag waren um elf Uhr beendet, dann machte Claus einige Besuche bei Patienten, und um ein Uhr war das

Mittagessen angesetzt. Kurz vor elf Uhr schaute Pucki ins Wartezimmer. Da saßen noch zwei Männer. Heute mußte Claus seine Besuche so einrichten, daß er ganz pünktlich um ein Uhr das Eßzimmer betrat, denn das Filet konnte unter keinen Umständen stehen, weil es sonst zähe wurde. Pucki wollte ihrem Manne für heute ganz besondere Pünktlichkeit einschärfen, und Claus konnte es gewiß so einrichten, daß er sie nicht warten ließ.

Kurz nach elf waren die beiden Männer abgefertigt. Claus betrat die Diele, um sich zum Ausgehen anzukleiden.

„Ich bitte dich dringend, am heutigen Tage ganz pünktlich heimzukommen. Heute! – Weißt du, was heute ist?"

„Natürlich weiß ich das, Pucki, der festlich geschmückte Kaffeetisch hat es mir verraten. Außerdem habe ich selbst schon daran gedacht."

„Es kommen noch weitere Überraschungen. Bitte, finde dich ganz pünktlich um ein Uhr zum Essen ein. Du kannst einige Besuche, falls es ihrer zu viele sind, auf den Nachmittag verlegen. – Bleibst du in Rahnsburg, oder mußt du über Land?"

„Erst nachmittags, liebe Pucki."

Pucki seufzte. „Wenn wir doch erst ein eigenes Auto hätten, Claus! Das Fahren mit dem Motorrad strengt dich an. Aber zu Weihnachten bekommen wir eins. Die Eltern legen zusammen. Wir haben auch schon Rücklagen gemacht, und dann – kaufen wir einen Wagen."

„Gewiß, Pucki, wir fangen mit einem kleinen Wagen an, mit einem, der nicht viel kostet. Anfangs genügt ein Dreisitzer."

„Was? – – Einer, der hinten so eine schreckliche Klappe hat?"

„Vielleicht!"

Pucki hob entsetzt die Hände. „Solch ein Wagen kommt nie in unser Haus – nie, Claus! Ich habe als Kind einmal eingesperrt in so einer Klappe gesessen."

„Wie hast du denn das angestellt, Pucki?"

„Es sind mehr als fünfzehn Jahre her, trotzdem bleibt es unvergessen. Genau solch ein schrecklicher Wagen fuhr einmal bei Niepels vor. Fritz, du weißt, einer der Niepelschen Drillinge beschaute mit mir den Wagen. Schließlich krochen wir in die hintere Klappe. Inzwischen kam der Besitzer des Wagens, stieg ein und fuhr mit uns ab. – Wir beiden wagten nicht, uns bemerkbar zu machen. So fuhr er uns schließlich in eine Garage. Dort saßen wir die ganze Nacht über. Eine Flasche mit Himbeersaft hatten wir außerdem noch zerbrochen und waren über und über mit dem Saft beschmutzt. Nein, Claus, solch einen Wagen hasse ich!"

„Richtig, ich erinnere mich daran. Du hast mir des öfteren von der schlimmen Fahrt im Wagen des Getreidehändlers Herrschel erzählt. Nun gut, so kaufen wir, wenn ich bis dahin genügend verdient habe, einen Viersitzer."

Pucki umarmte ihren geliebten Claus stürmisch. „Ein hellblaues Auto muß es sein. Die Farbe ist herrlich! – Hellblau mit Silber. Ich werde es auch täglich waschen – –"

„Na, na, kleine Frau!"

„Welche Marke wollen wir nehmen?"

„Ich halte es für richtiger, zunächst meine Krankenbesuche zu machen, sonst bin ich um ein Uhr nicht wieder bei dir und die Überraschungen mißglücken."

„Du mußt um ein Uhr hier sein, Claus! Du mußt es unbedingt so einrichten. Vielleicht schon zehn Minuten vor eins, damit ich sicher weiß, daß du da bist."

„Gut, liebe Frau! Da wir heute einen Monat verheiratet sind, will ich mich genau nach deinen Wünschen richten."

Pucki schaute, nachdem Claus gegangen war, nochmals ins Kochbuch. Das Filet hatte noch lange Zeit. Sie konnte erst anderen Arbeiten nachgehen. Zunächst mußte noch ein wenig Ordnung im Sprechzimmer gemacht werden.

Wie glücklich war sie doch! Sie packte noch die letzten Instrumente zusammen, da ertönte draußen die Glocke. Pucki eilte zur Tür, da Emilie mit grober Arbeit beschäftigt war. Ein großer Rosenstrauß wurde für Frau Doktor Gregor abgegeben. Der war von ihrem lieben guten Claus, der ihr heute dieses schöne Geschenk machte. Ein ganzes Weilchen saß die junge Frau im Wohnzimmer bei den herrlichen Rosen und betrachtete sie voll dankbarer Innigkeit. Sah nicht alles aus, als sei das Leben ein einziger Glückstag? Claus war ein beliebter Arzt, ein tüchtiger Mensch und ein prächtiger Ehemann. – Ob sie mit Hans Rogaten, dem Jugendfreunde, auch so glücklich geworden wäre? Hans Rogaten war lustiger als ihr Claus, nahm alles leichter und hätte ihr wahrscheinlich nicht mitunter sanfte Vorwürfe gemacht wie Claus. Aber gerade diese Vorwürfe hatten dazu beigetragen, sie ernster und überlegter zu machen. Vielleicht würde sie sich an Hans Rogatens Seite anders entwickelt haben.

„Ich muß ein medizinisches Buch zur Hand nehmen und mich belehren. Wenn es nur nicht so schwierig wäre. Ich verstehe von allem so wenig. Im Seminar habe ich auch allerlei Handgriffe gelernt, aber als Arztfrau muß ich noch viel mehr wissen."

Pucki setzte die Rosen in ihre schönste Vase, schmückte dann den Mittagstisch mit grünen Ranken, steckte in Clausens Serviette eine rote Rose und ging schließlich hinaus in die Küche, da es an der Zeit war, mit den Vorbereitungen zu beginnen.

Ein viertel vor ein Uhr erschien pünktlich Claus. Mit hochroten Wangen stand Pucki in der Küche und beobachtete den Braten. Ein Meisterwerk sollte er werden.

„Hm", sagte Claus, der in die Küchentür trat. „Ich ahnte, daß es heute ein Festessen gibt. – Na, Pucki, bist du zufrieden mit meiner Pünktlichkeit?"

Ihre gespannte Aufmerksamkeit galt dem Braten. Nur noch wenige Minuten, dann war das Werk gelungen. Da klingelte es. Pucki schreckte zusammen.

„Claus, wir essen in drei Minuten. Mach mal auf, doch schick die Leute fort.“

Schon war er an der Tür. Pucki hörte ihn kurze Worte sprechen und vernahm eine erregte Frauenstimme. Dann wurde die Tür wieder geschlossen, Claus stand vor seiner Frau.

„Ich muß sogleich fort: ein Schlaganfall.“

„Ach, Claus! – –“ Weiter sagte sie nichts. Ihr Mann war Arzt, erst kamen die Pflichten – dann das Filet.

Er hatte bereits den Hut aufgesetzt und den Mantel angezogen. Dann eilte er noch einmal ins Sprechzimmer, holte die Tasche, die er stets bei Krankenbesuchen mitführte, rief Pucki noch einen Gruß zu – dann war er fort.

Pucki starrte auf das Filet in der Pfanne. Tücke des Schicksals, daß gerade heute etwas dazwischenkommen mußte! Filet durfte nicht stehen, es wurde sonst zähe. Der Festbraten für den einmonatigen Hochzeitstag war verdorben.

Die junge Frau dachte nicht daran, allein zu essen. Tränen waren ihr nahe. Plötzlich warf sie den Kopf energisch in den Nacken. „Albern bin ich! – Eine Arztfrau muß auf Überraschungen gefaßt sein. Erst die Patienten! – Wenn ich nur wüßte, wann Claus heimkommt? – Ach, das schöne Filet, es war mir so gut gelungen!“

Da stand sie nun in der Küche und überlegte, was sie wohl beginnen könne, um den Braten schmackhaft zu halten. In demselben Augenblick schlug die Glocke wieder an. Wenige Augenblicke später kam Emilie erregt in die Küche gelaufen.

„Kommen Sie schnell, Frau Gregor, die Frau fällt sonst um!“

Im Flur war lautes Weinen zu hören, ein Kind begann zu schreien, ein anderes beschwichtigte. Da trat Pucki hinaus auf die Diele und blickte ins Wartezimmer. Dort saß eine Frau, über und über mit Blut beschmutzt. Neben ihr stand ein achtjähriger Knabe, und hinter ihm drängte ein zwölfjähriges Mädchen ins Zimmer, einen Säugling auf dem Arm, der heftig schrie.

„Die Mutter hat sich tief in den Finger geschnitten."

Der Knabe weinte erneut. Pucki sah die matte Frau, die einen weißen Lappen um die Hand gewunden hatte, aus dem rotes Blut tropfte.

Blut! – Blut auf der Schürze der Frau, Blut am Ärmel, Blut, das noch immer hervorrann, dazu die erregten Kinder. Denn auch die Zwölfjährige begann nun zu jammern.

„Schnell den Arzt", rief die Frau matt.

Um Pucki wirbelte es. Es wurde ihr schwarz vor den Augen. Blut konnte sie nun einmal nicht sehen. Und Claus war fort. – Jetzt wickelte die Frau das blutbefleckte Tuch ab. Ein tiefer Schnitt unterhalb des Daumens wurde sichtbar.

„Emilie, gehen Sie hinauf zu Doktor Kolbe, er möchte rasch herunterkommen. – Nein, ich gehe selbst. – Nein, ach nein, ich muß ja hierbleiben, man muß doch das Blut stillen."

Pucki schloß die Augen und griff nach dem Arm der Verletzten. „Halten Sie den Arm hoch!" Als sie jedoch in das Blut griff, ließ sie den Arm sofort wieder los.

„Ich kann nicht", stöhnte sie.

Hinauslaufen? – Die Kinder schrien durcheinander. Das war nicht zu ertragen! Auf dem Teppich lagen Blutstropfen.

„Helfen Sie mir doch", jammerte die Frau.

„Halten Sie den Arm hoch." Pucki hatte die Augen fest geschlossen. Wenn sie noch weiter auf das Blut starrte, würde sie bestimmt umfallen.

Emilie kam atemlos ins Zimmer gestürzt: „Bei Doktor Kolbe ist niemand da."

Ein Zittern überlief Puckis Körper. Ein wenig öffnete sie die Augen. Sie sah, wie sich die Frau verfärbte. Natürlich, der große Blutverlust! – Die Frau verblutete, wenn sie nicht rasch half.

Helfen! – Ja, wie denn? –

„Ich kann nicht", jammerte sie, „ich kann nicht!"

Eine Arztfrau wollte sie sein, eine tüchtige Arztfrau, die dem Gatten half und ihm treu zur Seite stand. Hier war nun eine um Hilfe bittende Frau.

Pucki biß die Zähne zusammen, öffnete weit die Augen und starrte auf das Blut. Was hatte man ihr im Seminar gesagt? Die Gedanken zusammennehmen, nachdenken – nur das eine Ziel vor Augen haben. Jetzt stark und überlegt sein, denn es galt zu helfen!

Was hatte sie gelernt? „Bei Schlagaderblutung ist das Blut von hellroter Farbe, spritzt stoßweise, entsprechend der Bewegung des Herzens, aus der Wunde heraus. Bei Schlagaderblutung tritt infolge des großen Blutverlustes schnell große Körperschwäche ein, der meistens eine Ohnmacht folgt."

Sie sah wieder die Frau, deren Gesichtsfarbe sich bereits veränderte. Wenn nur die schreienden Kinder nicht wären!

„Emilie bringen Sie die Kinder aus dem Zimmer", sagte Pucki plötzlich ganz ruhig. Riesengroß stand die Aufgabe vor ihr, hier helfend einzugreifen. Noch fühlte sie das Zittern im Körper, dann kehrte ihr die Ruhe zurück. Es mußte ein Verband angelegt werden, ein pressender Knebelverband, der verhinderte, daß das Blut noch weiter ausströmte. Ein Gummischlauch, so hatte sie gelernt, war das beste Hilfsmittel, ein Gummischlauch oder auch ein Handtuch oder eine Serviette. Im Nebenzimmer hing ein Handtuch.

Die Kinder waren aus dem Zimmer entfernt. Pucki hörte hinter der Tür ihr Schreien und Weinen. – Nun ging sie ans Werk. Sie umschnürte den Arm, zog den Verband fester und immer fester, und drehte einen Stab ein, um dadurch das Handtuch noch pressender um den Arm zu winden. Sie hielt dabei den verletzten Arm hoch, und obwohl ihr der rote Lebenssaft über die Hand floß, obwohl ihr Kleid befleckt wurde, erledigte sie ruhig und gewissenhaft ihre Aufgabe.

Je mehr sie sich mit der Patientin beschäftigte, um so sicherer wurde ihr Tun. Das Blut hatte im Augenblick für sie nichts Erschreckendes mehr. Langsam gelang es Pucki, den Ausfluß zu verringern. Mit Kölnischem Wasser rieb sie der ermatteten Frau die Schläfen ein, dann ging sie daran, den Arm zu säubern. Aber immer wieder brauchte sie all ihre Kraft, um durchzuhalten.

Auf einmal, sie wußte nicht, wie lange sie sich mit der Erkrankten beschäftigt hatte, stand Doktor Kolbe vor ihr, noch in Hut und Mantel. Eiligst zog er die Handschuhe ab, und plötzlich verursachte das rote Blut Pucki wieder Grauen und Entsetzen. Sie wußte die Frau nun in guter Hut. Da wankte sie durch die Tür, hinaus ins Sprechzimmer des Gatten, und legte sich auf den Diwan nieder, weil sie plötzlich das Empfinden hatte, als versinke sie in ein tiefes, schwarzes Loch.

Als sie wieder zu sich kam, stand Doktor Kolbe vor ihr und hielt ihr eine Flasche mit einer Flüssigkeit unter die Nase. Ein gütiges Lächeln stand auf seinem Gesicht.

„Liebe Frau Pucki, es war wohl etwas viel von Ihnen verlangt, aber leidlich gut haben Sie alles gemacht. Für eine Anfängerin allerhand."

„Was ist denn mit mir?"

„Sie sind ein bißchen ohnmächtig geworden, liebe, kleine Frau. Sie haben sich zu sehr verausgabt. Zuviel Kraftaufwand. Das wirkt nach."

„Wie geht es der Verletzten?"

„Alles in bester Ordnung. – Aber nun will ich mich mal ein wenig mit Ihnen beschäftigen." Doktor Kolbe wusch das Blut von Puckis Händen ab, denn er fürchtete, daß sie erneut von Entsetzen erfaßt werden würde, wenn sie es sah. Pucki ließ alles ruhig mit sich geschehen, denn wieder überkam sie heftiges Zittern. Dann füllten sich ihre Augen mit Tränen.

„Ach, Herr Doktor, ich bin so unglücklich!"

„Ja, was ist denn los? Sie und unglücklich nach vierwöchiger Ehe?"

„Ich habe mich entsetzlich dumm benommen. – Ich will die rechte Hand meines Mannes werden und falle ohnmächtig zusammen, wenn sich eine Frau in die Hand schneidet."

„Das zweitemal geht es schon besser", tröstete Doktor Kolbe, „doch zu Ihrer Beruhigung will ich Ihnen verraten, kleine Frau, daß bei uns so manches Studentlein ohnmächtig wird, wenn es zum ersten Male einer Operation zusieht. Wir haben sogar ganz hervorragende Ärzte, die lange Zeit kein Blut sehen konnten, berühmte Ärzte, die sich zusammenreißen mußten, wenn sie in den Operationssaal gingen."

„Ist das wirklich so?"

„Alles will gelernt sein, liebe, kleine Frau. Also machen Sie sich keine Gedanken darüber. Ihr Mann wird sehr zufrieden mit Ihnen sein, denn Sie haben sich heute sehr tapfer gezeigt." "Ach, Herr Doktor, wie sind Sie gut zu mir!"

„Können wir uns wieder auf den Beinen halten? Unser guter Claus würde heftig erschrecken, wenn er Sie hier vorfände."

Mit einem Ruck richtete sich Pucki auf. „Sie haben recht, Herr Doktor, ich will mich nicht schwach zeigen. – Es geht schon wieder vorüber. Beim nächsten Male mache ich es bestimmt besser."

Aber der Vorfall wirkte noch längere Zeit in Pucki nach. Als Claus nach Verlauf einer halben Stunde kam, sah er sogleich, daß seine Frau innerlich erregt war.

„Ärgerlich – weil das Filet hart wurde?"

Da erst fiel Pucki ein, daß sie nicht mehr an das Mittagessen gedacht hatte, und heute sollte es doch einen besonderen Festbraten geben.

Sie erzählte ihrem Mann, was sich während seiner Abwesenheit ereignet hatte. Gerührt schloß Claus seine junge Frau in die Arme.

„Recht, daß du dich tapfer gezeigt hast, Pucki. Es wird schon werden."

„Claus, nun haben wir nichts zu essen."

„Was – nichts zu essen? Beide haben wir mächtig gearbeitet, und nun soll es kein Essen geben? Ganz ausgeschlossen!"

Er legte den Arm um Puckis Schulter und zog sie hinaus in die Küche, schaute in die Töpfe, in den Bratofen, stach mit der Gabel ins Filet und lachte belustigt.

„Emilie, nun tragen Sie mal auf, ich finde, es erwartet uns ein fabelhaftes Essen."

Pucki machte einen kläglichen Eindruck. Der geschmückte Tisch, der herrliche Rosenstrauß, die kalten Kartoffeln und der zähe Braten. Claus entkorkte eine Flasche Rüdesheimer.

„Laß es dir gut schmecken, liebe kleine Frau. – Auf unsere einmonatige Ehe und auf deine erste ärztliche Hilfeleistung."

Claus sprach dem Essen wacker zu. Es schnitt Pucki tief ins Herz, als sie sah, daß er sich mit dem Braten Mühe geben mußte, denn das schöne Filet war zähe und trocken geworden. Sie selber aß nur ein kleines Häppchen. Nach all dem Vorgefallenen hatte sie keinen Appetit, aber die Gläser klangen aneinander, und zwei Augenpaare sahen sich glücklich an.

„Dein Wohl, liebe Frau!"

Pucki barg den Kopf an des Gatten Brust.

Noch einmal Filetbraten

Mit erhobenem Finger stand Pucki nach beendetem Frühstück vor ihrem Mann. „Ich setze eben meine Ehre darein, dir zu beweisen, daß ich eine Kochkünstlerin bin. Gestern las ich in meiner Hausfrauenzeitung, daß es außerordentlich schwierig sei, ein Filet richtig zu braten. Kaum die Hälfte aller Hausfrauen verstünde es, weil man hier nicht nach Eingelerntem, sondern nach dem Gefühl handeln muß. Dieses Kochgefühl, glaube ich, besitze ich. Daß das Filet vor einigen Tagen mißriet, daran war ich ja nicht schuld."

„Gewiß, Pucki, das hast du mir schon zehnmal gesagt."

„Trotzdem habe ich das brennende Verlangen, meine Ehre als gutkochende Hausfrau wiederherzustellen. – Also, Claus, heute um ein Uhr gibt es wieder Filet, ich flehe dich an, sei pünktlich! Es darf heute nichts dazwischenkommen. Ich habe eine Ahnung, daß es heute ein äußerst gemütliches Mittagsmahl sein wird."

„Nun, Pucki, ich bin in den letzten vier Tagen immer pünktlich zum Essen heimgekommen, und ich hoffe, daß ich heute dein prächtig gelungenes Filet mit Behagen verspeisen kann. Aber – auf Überraschungen – –"

„Sei still, sei still, Claus, rufe das Unglück nicht herbei!"

Claus hatte sich erhoben, um hinüber ins Sprechzimmer zu gehen, denn Punkt neun Uhr begann die Arbeit. Im Wartezimmer saß bereits eine Frau mit ihrem Kinde.

Da kam der Briefträger. Claus griff nach den Briefen, las sie durch, und dann lachte er leise auf.

„Der Brief ist zwar an mich gerichtet, doch du sollst ihn öffnen und lesen. Ich muß hinüber."

Pucki hielt den Gatten am Rockärmel fest. „Von wem?"

Claus wandte das Schreiben um. „Vom Großpapa."

„Himmel!"

„Ich muß hinüber, man wartet auf mich."

„Claus, ich habe das Empfinden, als käme das Unheil in unser Haus. – Der Großpapa zerstört unser Glück."

„Pucki, wie wäre das möglich?"

„Ja, Claus, du hast recht. – Ich hoffte, da er sich solange nicht gemeldet hat, daß er den Plan, nach Rahnsburg zu kommen, aufgegeben hätte. Vielleicht schreibt er das."

Claus war aus dem Zimmer geeilt. Pucki wog den Brief in der Hand, ehe sie ihn öffnete. Dann las sie ihn. Plötzlich sprang sie auf, als sei der Blitz vor ihr niedergefahren.

„Donnerstag – – heute? – – Ist der Großpapa übergeschnappt?"

Ihr erster Gedanke war, hinüber zu Claus zu eilen, um ihm mitzuteilen, daß Herr Wallner und seine Pflegerin mit dem Nachmittagszuge, der gegen fünf Uhr in Rahnsburg eintraf, ankommen wollten, um von Doktor Gregor nach einer Försterei, in der man behaglich wohnen könne, gefahren zu werden.

„Es würde meiner Gesundheit schaden, wenn das nicht klappte. Sie, als Arzt, müssen wissen, daß ich Aufregungen nicht vertrage. Ich fordere daher als Ihr Patient, daß ein Wagen am Bahnhof steht und daß das Heim behaglich und äußerst ruhig ist", schrieb er.

Pucki schaute ins Sprechzimmer. Da saßen schon wieder zwei andere Patienten. Sie wußte, daß Claus keine privaten Störungen liebte. Er meinte mit Recht, in der Sprechstunde gehöre er den Patienten. Pucki legte den Brief auf den Tisch und schlug mehrmals mit der Faust darauf.

„Schreibt man so an den Arzt, von dem man behandelt werden will? Aber Claus ist eben viel zu gutherzig. Er entschuldigt alles mit kranken Nerven. Ich werde Claus ein wenig gegen den Großpapa aufhetzen."

Trotzdem überlegte Pucki, wohin man den Großpapa bringen könnte. Das Forsthaus Birkenhain, ihr Elternhaus, lag zwanzig Minuten von Rahnsburg entfernt. Die Eltern hatten im Obergeschoß zwei Zimmer, die sie schon mehrmals an Sommergäste vermietet hatten, seitdem die älteste Tochter aus dem Hause war. Aber niemals würde sie den Eltern zumuten, diesen unleidlichen Mann aufzunehmen. Dann war noch ein zweites Forsthaus in der Nähe von Rahnsburg, in dem Förster Steigum lebte, Engelbert Steigum, das Engelchen, das sie einst auf der Waggerburg kennengelernt hatte. Nein, zu Steigum konnte sie den gräßlichen Herrn Wallner auch nicht geben. Er würde auch da nur Unruhe stiften und die Nase in Dinge stecken, die ihn nichts angingen.

Aber wohin sonst? Der Großpapa brachte es fertig, Claus sogleich auf dem Bahnhof eine Szene zu machen, wenn er ihm riet, zunächst ins Hotel zu gehen und sich selbst ein Unterkommen zu suchen. War denn niemand in Rahnsburg, der Engelsgeduld besaß?

Nach der Schmanz, dem einsam gelegenen Erbhof, auf den sich Rose verheiratet hatte? Mit ihren drei Kindern, dem Gatten und dessen Eltern führte sie ein gar glückliches Leben. Drei kleine Kinder hatte sie. O nein, das ging nicht! Rose Teck durfte sie solchen Logierbesuch nicht zumuten, auch wenn Herr Wallner sehr gut zahlte.

Den Finger an der Stirn, schritt Pucki im Wohnzimmer auf und ab und überlegte. „Jetzt weiß ich's – jetzt habe ich den Menschen mit der Engelsgeduld gefunden! – Oh, Herr Wallner kommt ins Waldheim zu Fräulein Caspary."

Dieser Ausweg war ein glücklicher Gedanke. Fräulein Caspary besaß die Engelsgeduld, die notwendig war, um mit diesem Nörgler fertig zu werden. Fräulein Caspary war über zwanzig Jahre lang als Lehrerin an der Rahnsburger Schule tätig gewesen. Pucki hatte bei ihr die ersten Lese- und Schreibversuche gemacht. Fräulein „Casperle" war sie genannt worden. Die damals junge Lehrerin verstand es dennoch, sich in Respekt zu setzen und wurde trotz ihrer Strenge von den Kindern geliebt. Nun hatte sich Fräulein Caspary am Waldesrande, dicht bei Rahnsburg, ein Eigenheim erbauen lassen. Dort lebte sie mit ihrer Schwester und vermietete an erholungsbedürftige Leute. Im Augenblick war niemand dort. Im Waldheim war der Großpapa sehr gut aufgehoben. Sogleich wollte sich Pucki auf den Weg machen, um mit Fräulein Caspary alles zu besprechen. Heute noch hing sie mit herzlicher Liebe an dem älteren Fräulein, und oft genug sprach sie mit ihr von der Zeit, in der Pucki der Lehrerin gar viel zu schaffen gemacht hatte.

„Emilie, ich muß fortgehen, bin aber sehr rasch wieder hier. In der Küche ist nichts zu tun, denn heute gibt es Filet. Das brate ich in der Mittagsstunde selbst."

Ein Viertelstündchen später saß Pucki bei den beiden ältlichen Fräulein Caspary und erzählte mit sprudelnder Lebhaftigkeit vom Großpapa Wallner und Fräulein Faupe. Sehr oft wurde ihr Bericht durch das Lachen ihrer einstigen Lehrerin unterbrochen.

„Sie sind mit uns Rangen immer gut fertig geworden, Fräulein Caspary. Sie werden auch den Großpapa zähmen. Leicht ist die Arbeit nicht, denn er ist der scheußlichste Mensch, der mir je über den Weg gelaufen ist. Eine Freude, ihn aufzunehmen, ist es ganz bestimmt nicht. Lesen Sie nur einmal seinen Brief, und Sie werden sofort erkennen, was er für ein Mensch ist."

„Der Brief ist allerdings ein wenig merkwürdig", meinte Fräulein Caspary, „trotzdem will ich es wagen. Ich bin dir sogar herzlich dankbar, Pucki, daß du an mich gedacht hast."

„Sie haben ja auch an meinen Mann gedacht. Als Sie Halsschmerzen hatten, haben Sie ihn gleich gerufen."

Fräulein Caspary forderte Pucki vergeblich auf, noch ein wenig zu bleiben, aber die junge Frau meinte, sie hätte noch manches vorzubereiten. „Zum Filet, das ich heute braten werde, gibt es gemischtes Gemüse, vorher eine Suppe und nachher Kompott."

„Das ist ja ein herrliches Essen."

„Nur ausnahmsweise. So verschwenderisch essen wir sonst nicht, denn mein Mann verdient noch nicht soviel. Außerdem müssen wir furchtbar sparen. Wir wollen uns zu Weihnachten ein Auto kaufen. Aber heute ist es eine Ausnahme, denn heute mache ich vor mir selbst das Examen als Küchenmeisterin."

Diesmal konnte Pucki das Ende der Sprechstunde kaum erwarten. Als endlich der letzte Patient das Zimmer verließ, eilte sie zu Claus und rief ihm erregt zu, daß der Großpapa heute schon ankäme. „Lies nur mal seinen Brief, da wirst du schon sehen, wie er mit dir umspringt."

„Pucki", mahnte Claus.

„Du hältst diesem Manne immer noch die Stange! Was gefällt dir denn an ihm? Du dürftest nie vergessen, was er mir angetan hat. Du müßtest ihm das täglich unter die Nase reiben."

„Ich sagte dir schon einmal, daß wir mit Herrn Wallner nicht streng ins Gericht gehen dürfen, denn er ist ein schwer leidender Mann."

„So wirst du es auch dulden, daß er weiter zu mir ungezogen ist? Nur weil er ein Kranker ist?"

„Pucki, ich denke, du willst meine rechte Kameradin sein?"

„Das bin ich auch! Aber auch ein Arzt darf sich nicht ausnutzen lassen. Schreibt man solch einen Brief? – Was bildet sich der Mann ein? Claus, du mußt ihm deine Meinung sagen!"

„Wäre es nicht richtiger, wir überlegten, wohin wir den Großpapa bringen?"

„Das habe ich schon getan. Er ist bereits untergebracht. Er kommt ins Waldheim, zu Fräulein Caspary."

Claus zog die erregte kleine Frau an sich. „Ich freue mich, daß dein Grimm nur äußerlich ist und daß du für den alten Großpapa sofort etwas Passendes gesucht hast. Das wird er dankbar anerkennen."

„Trotzdem mußt du ihm gründlich deine Meinung sagen. Das bist du mir schuldig."

„Ich werde schon mit ihm fertig werden."

„Nein, Claus, so entwischst du mir nicht! Deine Frau verlangt, daß du ihm zeigst, wer hier der Herr im Hause ist. Wenn Herr Wallner heute kommt – er wird natürlich wieder sehr dreist auftreten –, so – –"

„Werden wir ihn freundlich empfangen."

„Nach diesem Brief?"

„Ja, Pucki. Wir beide werden sehr freundlich zu dem kranken Herrn sein."

„Nein, Claus, das werden wir nicht sein!"

„Pucki!“

„Ich habe es ja gewußt, der Großpapa bringt Unfrieden in unser Haus! Da haben wir's! Nein, ich bin nicht freundlich zu ihm – ich denke nicht daran! Und wenn du es verlangst – ich tue es nicht!“

„Wenn du in so schlimmer Laune bist, Pucki“, sagte Doktor Gregor ruhig, „ist es das beste, ich mache rasch meine Besuche auswärts. Wenn ich dann zurückkomme, ist meine kleine Frau wieder sanft und lieb.“

„Um ein Uhr gibt es Filet“, sagte sie barsch. „Sei pünktlich!“

„Nun, Pucki, bekomme ich heute keinen Abschiedskuß?“

„Freilich bekommst du ihn – aber dem Großpapa mußt du deine Meinung sagen.“

Claus ging davon. Pucki lief ins Wohnzimmer und wollte ihm nachwinken. Es fiel ihr plötzlich ein, daß sie heute zum ersten Male nicht nett zu ihrem Claus gewesen war. Aber er wandte sich nicht mehr um. Er schritt rasch die Straße hinunter und sah nicht, daß seinem jungen Weibe die Tränen in die Augen traten, und hörte auch nicht die kläglichen Worte: „Meinetwegen, sei nett zu ihm, ich werde mich auch bemühen, in ihm einen Kranken zu sehen. – So, nun will ich das Mittagessen doppelt sorgsam herrichten. Ich glaube, ich war nicht nett.“

Diese Erkenntnis schmerzte sie tief. So heftig wollte sie nie wieder sein! Claus war immer sehr lieb zu ihr. Was fiel ihr denn ein, ihn derart anzuknurren? Sie machte es genau wie der Großpapa, den sie nicht leiden konnte und dessen Verhalten sie tadelte.

Mit größter Hingabe kochte sie das Essen. Auf den Tisch kamen auch wieder Blumen. Dann schob sie unter den Teller des Gatten eine Karte mit dem selbst verfaßten Vers:

„Laß vergessen sein, was ich getan,
Sieh mich wieder zärtlich an,

Hab' ich dich gekränkt, vergib,
Du weißt es ja – ich hab' dich lieb!"

Das würde ihn versöhnen. Sie brauchte nicht erst bittende Worte zu sagen. Wenn er sich niedersetzte, las er die Karte, dann nahm er seine Pucki in die Arme, und alles war gut. Dieser ersten kleinen Meinungsverschiedenheit sollte nicht so bald eine zweite folgen, das schwur sie sich hoch und heilig.

Nun wartete sie mit klopfendem Herzen darauf, ob Claus auch pünktlich zurückkommen würde. Schon briet das Filet im Ofen. Da hörte sie, daß Claus den Schlüssel ins Schloß steckte und atmete befreit auf.

Alles klappte! – Claus hatte den Kopf zur Küchentür hineingesteckt und Pucki einen freundlichen Gruß zugerufen. Ihre Augen leuchteten auf. Alles war wieder gut. Trotzdem sollte er die Karte lesen; daraus sah er, daß sie ihr Vorgehen bereute.

„Wir können zu Tisch gehen, Claus!"

Da läutete der Fernsprecher. Pucki war eben dabei, das Filet aus dem Bratofen zu nehmen und auf die Schüssel zu legen. Sie hielt den Atem an. – Wirklich, zum zweiten Male geschah das Entsetzliche: Claus wurde abgerufen.

„Filet ist ein Unglücksbraten", sagte er. „Dieses Mal laß es nicht hart werden. Ich bitte dich, iß ohne mich, ich muß sofort über Land fahren."

„Claus, es dauert nur zehn Minuten."

„Ein Menschenleben ist in Gefahr."

Noch stand Pucki in der Küche und starrte auf die schön angerichtete Schüssel, in deren Mitte der Braten lag, herrlich geraten. Sie hörte die Flurtür zufallen – Claus war fort.

Sie sollte sich den Braten allein schmecken lassen? – Allein schmeckte es überhaupt nicht. Es war zum Verzweifeln! Nie wieder bereitete sie Filet!

Da klingelte es schon wieder an der Flurtür. Pucki ging selbst hinaus, um zu öffnen. Nun war es einerlei, ob der Braten hart wurde.

„So – da wären wir!“

Der Großpapa!

Pucki faßte es im ersten Augenblick kaum. Er wollte doch erst um fünf Uhr nachmittags kommen, jetzt zeigte die Uhr eins.

„Ich stellte gestern fest, daß der Frühzug besser ist. So habe ich diesen Zug genommen. – Guten Tag, Fräulein Sandler. Die Schwester hat noch mit dem Gepäck zu tun. Ich komme zunächst allein. – Ist das ein trauriges Nest, dieses Rahnsburg. – Nun, wollen Sie mich nicht einlassen?“

„Hier wohnt kein Fräulein Sandler – hier wohnt Doktor Gregor mit seiner Frau.“

„Ach ja, ich vergaß! Sie haben sich ein nettes Nest ausgesucht. Zwei Gasthöfe hat der Ort, und nichts bekommt man zu essen. Schweinebraten, Schweinebraten, Koteletts. Schweinebraten esse ich aber nicht. Ich habe mir gedacht, beim Herrn Doktor Gregor bekomme ich vielleicht etwas Gutes. – Na, kleine Frau? – Hm, hier riecht es gut! Was gibt es denn?“

„Ich habe für meinen Mann Filet gebraten.“

„Nun also! – Wo ist der Herr Doktor?“

„Er ist fort, er wurde soeben abgerufen.“

„Nun gut – ich bin froh, daß ich endlich zur Ruhe komme. Die Schwester wird auch bald hier sein. Vielleicht ißt sie aber im Gasthof, ich habe es ihr geraten.“

Herr Wallner hatte inzwischen Hut und Mantel abgelegt und stand nun auf der Diele. Emilie war in der Küche und wartete mit dem Tablett auf den Ruf, auftragen zu dürfen.

Pucki kämpfte mit sich. Da war das herrliche Filet, das Claus bestimmt nicht mehr essen konnte, da er länger als eine Stunde fortblieb.

„Na, junge Frau, verstehen Sie etwas vom Kochen oder hat die Köchin alles gut angerichtet? Ich erinnere mich, daß Sie in Eisenach nicht einmal richtig den Tee aufbrühen konnten.“

„Oh, ich koche jetzt alles selbst."

„Da freut sich wohl Ihr Mann?"

„Ja –, mein Mann ist augenblicklich nicht daheim. Da Sie im Hotel nichts für Ihren Geschmack finden, so darf ich mir wohl erlauben, Sie heute mittag als meinen Gast einzuladen."

„Das ist das erste vernünftige Wort, das ich heute von Ihnen höre. Ich habe es auch nicht anders erwartet. Wenn man um ein Uhr ankommt, gibt es Mittag. So wird es in meinem Hause gehalten."

Pucki dachte an den kleinen Zusammenstoß, den sie heute vormittag mit Claus gehabt hatte. Er verlangte, daß sie freundlich zu Herrn Wallner sein sollte. Er würde es auch für richtig halten, daß sie ihn nun zum Essen dabehielt, zumal er selbst nicht anwesend sein konnte.

Feurige Kohlen würde sie auf sein Haupt sammeln! Gerade heute, da das Essen so gut gelungen war, da sie ein Festessen hergerichtet hatte, sollte der Großpapa mitessen. Zwar kam ihr plötzlich wieder die Erinnerung, daß er ihr in Eisenach jeden Bissen in den Mund zählte, aber das konnte sie während des Essens gut anbringen. Ohne kleine Nadelstiche sollte es auch heute nicht abgehen. Immerhin, daß sie heute das schöne Essen mit dem gräßlichen Großpapa einnehmen sollte, das war ihr auch jetzt noch unfaßlich.

„Bitte, nehmen Sie Platz, das Mädchen trägt gleich auf."

Pucki stand an der Anrichte und füllte die Suppe auf die Teller. Emilie trug sie zum Tisch hinüber. Der Großpapa betrachtete prüfend das Geschirr, schob die Teller hin und her und entdeckte unter seinem Teller den Zettel.

„Laß vergessen sein, was ich getan,
Sieh mich wieder zärtlich an,
Hab' ich dich gekränkt, vergib,
Du weißt es ja – ich hab' dich lieb!"

Herr Wallner rückte auf dem Stuhl hin und her. Dann schob er die Karte hastig in seine Rocktasche. Pucki setzte sich nieder und nötigte mit übergroßer Höflichkeit zum Zulangen. Herr Wallner war merkwürdig still geworden.

„Fleischbrühe gab es auch in Eisenach – ich erinnere mich noch ganz genau."

Der Großpapa rührte die Suppe um. Schweigend löffelte er sie aus.

„Findet sie Ihren Beifall?"

„Ja."

Dann kam das Filet.

„Filet braten ist eine schwere Kunst. Ich koche aber sehr gern. – In Eisenach ließ man mich wenig in die Küche. – Nun, dort war ich ja auch für die drei Kinder da. – Was machen denn die Kinder? Sind sie noch immer so unartig wie früher?"

„Ja, leider."

„Steht noch immer der große Korb mit zerrissener Wäsche im Kinderzimmer, Herr Wallner? – Wieviel Nachfolgerinnen habe ich denn schon gehabt?"

„Weiß ich nicht."

„Das kann ich mir denken. Es wird bestimmt eine stattliche Zahl sein. – Schmeckt Ihnen der Braten?"

„Ja."

Warum war der alte Herr plötzlich so einsilbig geworden? Er fing doch sonst an, an allem herumzunörgeln.

„Wollen Sie nicht zulangen?"

Der Großpapa wurde immer wortkarger. Da hielt es Pucki für richtig, ihre Sticheleien einzustellen. So nahmen sie den Nachtisch schweigend ein.

Endlich war das Essen beendet.

„Ich habe Sie im Waldheim bei zwei sehr netten Damen eingemietet, Herr Wallner. Wenn es Ihnen recht ist, machen wir uns auf den Weg.“

Herr Wallner rührte sich nicht.

„Auf meinen Mann können Sie heute nicht warten. Es kann noch ein Weilchen dauern, ehe er zurückkommt. Es ist vielleicht am richtigsten, wenn ich Sie zu Fräulein Caspary begleite.“

„Ich – möchte Ihnen danken“, sagte da Herr Wallner.

„Ich habe Sie gerne zum Essen gebeten, Herr Wallner. Da Sie in unseren Gasthäusern nur Schweinebraten bekamen und mit anderen Gerichten unzufrieden waren, habe ich es für selbstverständlich gehalten, Sie in meinem Hause gastfrei zum Mittagessen aufzunehmen.“

„Warum waren Sie sonst so häßlich zu mir?“

„Wie es in den Wald hineinschallt, so schallt es auch wieder heraus.“

„Warum verstellen Sie sich so sehr?“

Er streckte Pucki die Hand hin. „Lassen Sie das Versteckspielen sein, junge Frau, das kränkt mich, ich vertrage das nicht.“

„Wer spielt Versteck?“

„Nun, Sie! – Sie haben mich eben wissen lassen, daß Sie Ihre Ungezogenheiten bereuen, daß es Ihnen leid tut, mich gekränkt zu haben. – Warum sind Sie jetzt schon wieder so unfreundlich zu mir?“

„Was habe ich – –?“

„Gestehen Sie es ruhig ein. Aber – Sie sollen sich in mir nicht getäuscht haben. Schließen wir Frieden, Frau Gregor.“

„Wir beiden?“

„Nun ja“, erwiderte Herr Wallner. „Ich muß offen gestehen, Sie haben mich beschämt. Ich weiß, ich war nicht immer nett zu Ihnen, aber – da Sie mir den hübschen Vers geschrieben haben, da Sie mich sozusagen um Verzeihung baten für alles, was Sie mir angetan haben, so will ich Ihren

Wunsch erfüllen und Sie lieb ansehen. – Na, junge Frau – schauen wir uns mal in die Augen."

„Was wollen wir?"

„Frieden schließen, uns nicht mehr gegenseitig ärgern, denn das hatten wir uns beide doch vorgenommen. – Sie sind wirklich ein guter Mensch, Pucki, ein sehr guter Mensch, sonst hätten Sie mir das Gedicht nicht gemacht. Eine andere Frau hätte mich gewiß nicht zu Tisch eingeladen, und Sie benützen die Gelegenheit, mich für alle Kränkungen um Verzeihung zu bitten. Ich freue mich darüber, daß Sie mir sogar sagen, Sie haben mich lieb. – So, und nun reichen wir uns die Hände."

„Das Gedicht war – –"

„Weiß schon, es war sehr nett von Ihnen." Er ergriff Puckis Hände. „Und nun werde auch ich mich bemühen, alle mir zugefügten Kränkungen zu vergessen. Ich will ständig an das Gedicht denken, das ich in der Tasche habe. Und wenn Sie mich wieder einmal ärgern, wenn ich wieder einmal aufbrausen will, werde ich denken:

Hab' ich dich gekränkt, vergib,
Du weißt es ja – ich hab' dich lieb."

„Aber ich – –"

„Schon gut, Pucki. Sie können nicht sagen, was Sie fühlen. Aber der Zettel hat mir alles verraten. So, nun gehen wir zusammen nach dem Waldheim. Ich denke, wir werden in Rahnsburg gemeinsam recht nette Stunden verleben. Sie haben einen prächtigen Mann, der mich sicherlich gesund machen wird."

Pucki sagte nichts mehr. Sie war im ersten Augenblick ein wenig verstört und wußte nicht, ob sie den Irrtum richtigstellen sollte. Noch einmal schaute sie zurück. Da stand der Großpapa in der Tür und warf ihr eine Kußhand zu.

Mit Puckis Selbstbeherrschung war es vorüber. Sie stürmte ins Schlafzimmer und warf sich lachend aufs Bett.

„Ich soll den Großpapa liebhaben? – Ich soll ihn gebeten haben, er soll mich zärtlich ansehen. – Ach, ich sterbe vor Lachen!“

Es dauerte längere Zeit, bis sich die junge Frau beruhigt hatte. Sie hörte Herrn Wallner auf der Diele unruhig auf und ab gehen. Da kam sie endlich wieder zum Vorschein, aber auf ihrem Gesicht lag noch das lustige Lachen.

„Nun, Herr Wallner, wollen wir jetzt gehen?“

„Freilich, Frau Doktor.“

Er schob seinen Arm in den der jungen Frau. So schritten sie beide dem Waldheim zu. Von Zeit zu Zeit kicherte Pucki leise vor sich hin.

Man war mit Fräulein Caspary rasch einig. Sie warf einen erstaunten Blick auf Frau Gregor und flüsterte ihr beim Gehen zu:

„Das ist doch ein ganz reizender alter Herr.“

„Abwarten!“ erwiderte Pucki trocken. Dann verabschiedete sie sich rasch und ging nach Hause. Dort wurde sie noch einmal von einem Lachkrampf ergriffen.

Der heimkehrende Claus hörte schon an der Flurtür die fröhlichen Laute. Puckis Laune schien wiederhergestellt zu sein. Der kleine Zusammenstoß heute vormittag hatte ihn betrübt.

Nun stand er seiner jungen Frau wieder gegenüber, die ihn stürmisch umhalste und küßte.

„Pucki, was ist denn geschehen?“

„Ich mache dir schnell Rühreier und Bratkartoffeln, lieber Claus, setze dich nur schon ins Eßzimmer. Ach, ich habe dir etwas ganz Lustiges zu erzählen!“ – Wieder konnte sie vor Lachen nicht weiterreden. “Rühreier – kein Filet? Arme Pucki, mit Filet hast du wirklich kein Glück.“

„Glück und Spaß, Claus! Das Filet hat dem Großpapa herrlich geschmeckt. Doch jetzt mußt du rasch Essen haben, dann erzähle ich dir von dem Wunder, das sich am sechsundzwanzigsten Oktober dieses Jahres im Hause des Arztes Doktor Gregor ereignete.“

Er hörte seine junge Frau draußen in der Küche mit dem Geschirr hantieren; zwischendurch klang mehrfach ihr silberhelles Lachen.

Böse Zungen

„Um eines bitte ich dich, heißgeliebte Frau! Wenn es durchaus sein muß, daß du die neue Wohnung gründlich säubern willst, so verschone mein Arbeitszimmer. Alles ist blitzblank, sogar mit der Lupe finde ich kein Staubkörnchen. – Pucki, liebe, fleißige Pucki, allerbeste Hausfrau, laß mein Arbeitszimmer in Ruhe!"

„Da haben wir es wieder! Genau wie Papa! Der hat Mutti auch immer himmelhoch gebeten, sie möge seinen Schreibtisch in Ruhe lasten."

„Mein Vater hat es ebenso gemacht."

„Natürlich! Männer und Staub sind unzertrennlich miteinander verbunden. Ordnung wollen sie haben, Staub darf nicht umherliegen, aber aufräumen dürfen wir armen Hausfrauen auch nicht. Geh du nur auf Krankenbesuch! Beschäftige dich recht lange mit deinen Patienten, und wenn du mittags heimkommst, ist viel geschafft."

„Ich habe mir sagen lassen, daß man die Wohnung nur alle Jahre einmal gründlich zu reinigen braucht. Wir haben am neunzehnten September geheiratet und heute schreiben wir den vierundzwanzigsten November."

„Jawohl, aber am ersten Adventssonntag haben sich deine Eltern zum Besuch angesagt. – Claus, ich erinnere mich noch genau, wie deine Mutter einmal den Haushalt einer Bekannten tadelte, weil der Staub fingerdick auf den Möbeln lag. – ›Schlechte Hausfrau‹, sagte sie und – Claus, lieber, lieber Claus, ich habe ohnehin Sorgen um dich."

„Sorgen hast du?"

„Ja, meine Mutter hat vor acht Tagen gesagt, du sähest schlecht aus. Das hat mir ins Herz geschnitten – – –"

„Pucki, Pucki, verschone mich! Ich lasse mir ja, dir zuliebe, vieles gefallen, ich steige jeden Morgen auf die Waage, ich esse jeden Morgen eine fürchterliche Mehlsuppe. Mein einziger Wunsch wird sein, die Suppe nicht mehr essen zu müssen."

„Hundertvierzig Pfund hast du gewogen, jetzt sind es nur noch hundertsechsunddreißig. Hundertfünfunddreißig hast du gewogen, als ich mit der Suppenkur begann. Claus, ehe du die hundertvierzig nicht wieder erreicht hast, höre ich nicht auf, dich mit Mehlsuppe zu pflegen. – Ach, was werden deine Eltern sagen, wenn sie am Sonntag herkommen und dich so schlank finden! Ich will aber keine schlechte Hausfrau sein, ich will einen Mann haben, der hundertvierzig Pfund wiegt."

„Also gut, essen wir die Mehlsuppe weiter, aber laß mein Arbeitszimmer in Ruhe."

„Nur ein ganz klein wenig will ich aufräumen. Du wirst nicht merken, daß dort die ordnende Hand einer Frau gewaltet hat. Außerdem weiß ich jetzt mit deinen Instrumenten umzugehen. Ich weiß auch, wo jedes Fläschchen stehen muß. Claus, du wirst nichts vom Aufräumen merken! Aber nun kann ich nicht länger am Tisch sitzenbleiben, der Georg Zorge ist schon gekommen, die Teppiche zu klopfen."

Pucki eilte davon. Sie hatte es sich nun einmal in den Kopf gesetzt, die Wohnung gründlich aufzuräumen. Es wäre unnötig gewesen. Da sich aber Oberförster Gregor mit seiner Frau angemeldet hatte, hielt es die junge Frau für ratsam, gründlich sauber zu machen. Die guten Schwiegereltern würden zwar keinen Tadel aussprechen, denn sie liebten die junge Frau ihres Claus innig. Das war schon immer so gewesen. Jedesmal, wenn die kleine Hedi Sandler in die Oberförsterei gekommen war, fanden Oberförster Gregor und seine Frau freundliche Worte für das Kind. Nun lebte der Oberförster im Ruhestand und hatte sich in Rotenburg ein Eigenheim geschaffen. Rotenburg war eine kleine Stadt, in der einst Pucki das Gymnasium besucht hatte.

Pucki freute sich herzlich auf den Besuch der Schwiegereltern, denn es machte sie stolz, ihre junge Hausfrauenwürde zu zeigen. Aber auch ihre Kochkünste sollten zur Geltung kommen, denn Gregors wollten vormittags eintreffen und bis zum Abend bleiben.

In Rahnsburg selbst war der Kreis, mit dem man Verkehr hielt, nur klein. Zwar kannte Pucki in der kleinen Stadt fast jeden, aber es waren nicht viele junge Ehepaare vorhanden, die zueinander paßten. Wen brauchte Pucki in ihrem jungen Glück auch sonst noch als ihren Claus? Manche neidete dem einstigen Försterskind das Glück. Da war Frau Bohrmann mit ihren drei Töchtern. Sie hatte fest geglaubt, daß Doktor Gregor eine ihrer drei Töchter zur Gattin wählen würde. Als dann seine Verlobung mit Hedi Sandler bekannt wurde, sprach sich Frau Bohrmann ziemlich ungünstig über die junge Braut aus. Sie sagte zu ihren Bekannten, es sei recht merkwürdig, daß ein so ernster Mann wie Doktor Gregor solch übermütiges junges Mädchen zur Lebensgefährtin erwählt hätte. Man kenne doch Hedi Sandler genau, habe sie aufwachsen sehen und wisse von manchen ihrer unartigen Streiche. Die Ehe könnte niemals glücklich werden.

Die drei Bohrmannschen Töchter wußten schon in den ersten Wochen nach der Eheschließung Gregors viel über das junge Paar zu erzählen. Es war nicht viel Gutes! Pucki sei nach wie vor unzuverlässig, tratschten sie, gehe ihrem Vergnügen nach und sorge für den Gatten nicht genügend. Und als Pucki nun gar in ihrer natürlichen Art einer Bekannten davon erzählte, daß ihr Claus fünf Pfund abgenommen hätte, ging das Gerede von neuem los. Hinzu kam noch, daß man sich über den Besuch des alten Herrn Wallner wunderte. Pucki war einmal in Eisenach gewesen. Nun reiste der alte Herr der jungen Frau nach und ließ sich hier in Rahnsburg von Doktor Gregor behandeln. Als ob es in Eisenach nicht auch gute Ärzte gäbe. Man wollte sogar wissen, daß der alte Herr Wallner öfters mit der jungen Frau den Nachmittagskaffee einnähme. Es war, wie es immer ist: Je kleiner die Stadt, desto größer der Klatsch.

Pucki ahnte nichts von dem Gerede, das in Rahnsburg umlief. Sie war zu jedem Menschen freundlich. Gar zu oft nur hatte sie das Herz auf der Zunge und sagte jedem, der es wissen wollte: ich bin sehr glücklich!

Jetzt stand sie am Fenster des Wohnzimmers, ein Tuch um die blonden Haare gebunden und den Federbesen in der Hand. Emilie putzte die Fenster, im Hof klopfte der junge Zorge Teppiche und Läufer.

Mitten in die Arbeit hinein kam Besuch. Es war die Nachbarin, die sich Preßkohlen ausleihen wollte, da ihr Vorrat ausgegangen war. Pucki hoffte, sie werde Frau Anger bald los werden, aber es schien, als habe sie noch etwas auf dem Herzen.

„Ich bin beim Aufräumen“, sagte Pucki. Das war ziemlich deutlich.

„Ja, ich habe gesehen, daß Sie den jungen Zorge zum Teppichklopfen bestellt haben.“

„Jawohl.“

„Warum haben Sie gerade den Zorge genommen?“

„Seine Mutter war bei mir. Sie fragte mich schon vor längerer Zeit, ob ich nicht eine Arbeit für ihren Sohn hätte. Die Mutter ist eine gar kümmerliche Frau. Ich glaube, der junge Zorge ist ganz tüchtig.“

„Wissen Sie denn nicht, Frau Gregor, daß er sich eine Verfehlung zuschulden kommen ließ? Ich glaube kaum, daß es Ihrem Manne recht ist, wenn Sie diesen Tunichtgut beschäftigen.“

„Seine Mutter erzählte mir davon. Traurig genug, daß sich der junge Mann so rasch verleiten ließ, Unrecht zu begehen. Aber mancher kann eben der Versuchung nicht widerstehen.“

„Er sollte ins Gefängnis kommen.“

„Ja, aber die Richter waren so vernünftig und gaben ihm Bewährungsfrist. Ich glaube, er nimmt sich zusammen. Man hat in letzter Zeit nichts Übles über ihn gehört, und Arbeit ist das beste Mittel, einen Menschen vor neuen Dummheiten zu bewahren.“

„Ich würde den Zorge nicht in mein Haus nehmen.“

„Ich habe ihn nun einmal genommen und bin der Meinung, daß es so gut ist.“

„Liebe, junge Frau Doktor, Sie sind noch eine sehr unerfahrene Frau, Sie kennen die Menschen noch nicht. Ich würde Ihnen raten, den jungen Mann bald wieder gehen zu lassen.“

„Nein“, sagte Pucki energisch, „mir gefällt er. Er macht einen ordentlichen Eindruck. Er scheint darunter zu leiden, daß er bestraft wurde. Es wäre geradezu schlecht von mir, wenn ich wegen einer Verfehlung einem Menschen, der sich bessern will, die Arbeit entzöge. Seine Mutter ist froh, daß ich ihn nahm.“

„Vielleicht wissen Sie nicht, was er getan hat.“

„Ja, ich weiß es“, erwiderte die junge Frau heftig. „Es ist durchaus unnötig, die alten Sachen wieder aufzuwärmen.“

„Wenn Ihre Bekannten hören, daß Sie den Georg Zorge beschäftigen –“

„Das geht meine Bekannten nichts an. Außerdem sind sie in dieser Beziehung so vernünftig wie ich.“

„Sie wissen, daß der Zorge an einem Abend –“

Da brauste Pucki auf. „Die Sache ist vor Gericht gewesen. Alles wurde durchgesprochen, der junge Mann erhielt Bewährungsfrist. Wenn er sich gut hält, ist die Sache erledigt.“

„Aber –“

„Liebe Frau Anger, ich habe meine Arbeit! Ich habe keine Zeit, mich mit Ihnen über den Georg Zorge stundenlang zu unterhalten. Wenn irgend jemand mir gegenüber törichte Reden machen sollte, so werde ich mit einem Spruch unseres prächtigen Dichters Wilhelm Busch antworten.“

„Was werden Sie sagen, Frau Doktor?“

Pucki schwenkte den Federbesen. Es schien, als wollte sie zu dem Vers den Takt schlagen:

„Wenn über eine dumme Sache
Mal endlich Gras gewachsen ist,
Kommt sicher ein Kamel gelaufen,
Das alles wieder 'runterfrißt!“

Frau Anger wandte sich schroff um, ließ Pucki stehen und ging davon.

Das war arg! – Was sich solch eine einfache Frau erlaubte! „Den schönen Vers kann sie sich merken“, dachte Pucki. – –

„Kamel hat sie zu mir gesagt!“ Das waren die ersten Worte, die Frau Anger ihrem Manne zurief, als sie nach Hause kam.

Die Worte Puckis machten sehr schnell die Runde durch die kleine Stadt. Und während noch Georg Zorge gewissenhaft den Treppenläufer klopfte, wußte schon Frau Bohrmann, daß die junge Frau Doktor zu Frau Anger „Kamel“ gesagt hatte. Eine von den Bohrmannschen Töchtern aber erzählte dem Kaufmann drüben an der Ecke, Pucki hätte gesagt, Leute, die ihr einen guten Rat geben wollten, wären Kamele. Und der Kaufmann wieder erzählte seiner Kundschaft, daß die junge Doktorsfrau recht überheblich sei und gemeint hätte, sie wisse, was sie zu tun hätte, es gäbe viele Kamele in Rahnsburg. Das alles ging mit Windeseile von Mund zu Mund. Als das Wohnzimmer fertig aufgeräumt war, wußte jeder die abscheuliche Äußerung, die Frau Doktor Gregor heute morgen getan hatte.

Mittags um ein Uhr kam, wie oft, Puckis Schwester Agnes nach Schulschluß für einen Augenblick herein.

„Pucki, was hast du denn heute gesagt? Ach, bist du dumm! Nun wird kein Mensch mehr zu deinem Manne kommen. Man will einen anderen Arzt nach Rahnsburg kommen lassen, oder alle wollen nach Kolkow oder Meidenburg gehen.“

Pucki, die im Sprechzimmer des Gatten sorgsam die Instrumente abstaubte, horchte auf: „Was habe ich denn gesagt?“

„Ich sollte für Mutter beim Kaufmann etwas mitbringen. Dort sprach man im Laden davon.“

„Ja, was habe ich denn gesagt, Agnes?“

„Alle Rahnsburger sind Ochsen!“

Pucki lachte herzlich auf: „Das hat der Kaufmann erzählt? Ich werde heute nachmittag zu ihm gehen – dann frage ich geradezu danach.“

„Schafe, Kamele, Esel, Gänse – –“

„Also ein ganzer zoologischer Garten! – Ach, Agnes, was hast du da wieder gehört? Gar nichts habe ich gesagt! Ich werde mich schön hüten, meinem Claus durch derartiges Gerede die Praxis zu verderben. Im Gegenteil, ich gebe mir Mühe, immer freundlich zu sein.“

„Du mußt unbedingt etwas von großen Ochsen gesagt haben. Die Leute sind wütend.“

Pucki schnippte mit den Fingern. Ihr Gewissen war so rein, daß sie auf die Äußerungen der Schwester nichts gab. Wahrscheinlich war es eine Verwechslung! Sie ließ Agnes ruhig gehen und lachte übermütig hinter ihr her. Als sie aber am Fenster stand, das Staubtuch ausschüttelte und freundlich einer der vorübergehenden Bohrmannschen Töchter zunickte, erschrak sie doch ein wenig. Das junge Mädchen sah schnell weg und erwiderte den Gruß nicht.

Was war denn geschehen? Wenn nur erst Claus nach Hause käme! Er hatte heute auf den umliegenden Dörfern Besuche zu machen. So konnte er kaum vor zwei Uhr wieder daheim sein. Darum waren auch die Aufräumungsarbeiten vorgenommen werden. – Wieder trat Pucki ans Fenster und wartete, bis jemand vorüberging. Aber auch diesmal flog kein Blick zu ihr herüber.

„Ochsen – Esel – Gänse – –! Ich habe doch so etwas nicht gesagt. Heute früh habe ich Frau Anger vielleicht ein wenig geärgert.“ Pucki nahm die Glaswanne, in der Claus die Instrumente zu säubern pflegte, zur Hand und wischte sie vorsichtig ab.

„Ochsen – Esel? – Ach, Kamel habe ich gesagt. Natürlich, das Gedicht von Wilhelm Busch habe ich zitiert.“ – Jäher Schreck erfaßte die junge Frau. Im nächsten Augenblick ertönte lautes Klirren. Die kleine gläserne Wanne war Pucki aus den Händen gefallen und auf dem Fußboden zerbrochen.

Das war etwas zu viel! Erst der Schreck über das mißverstandene Gedicht, und nun – die Scherben.

„Die Badewanne – die Badewanne der Instrumente!“ Wie oft hatte Pucki scherzend diese Schale eine Badewanne genannt. Wie sorgfältig wurde sie von Claus gehütet. Das feuerfeste Glas, in dem er auf offener Flamme die Instrumente abkochte, war nun zerbrochen!

„Und ich habe ihm geschworen, er wird nichts vom Aufräumen merken. – Ach, heute habe ich einen Unglückstag!“

Nun kollerten schon wieder die Tränen. Vergeblich rief sich Pucki ins Gedächtnis zurück, daß Scherben Glück bedeuten. In diesem Falle sah es mit dem Glück recht kläglich aus. In Rahnsburg war eine neue „Badewanne“ nicht zu beschaffen, die mußte erst bestellt werden. Claus würde ärgerlich sein, daß sie nicht besser aufpaßte. Ihr Kummer war so groß, daß ihr das Arbeiten nicht mehr von der Hand gehen wollte.

„Frau Doktor, soll ich die Kartoffeln aufstellen? Sollte nicht auch noch Blumenkohl gekocht werden?“

Ein neuer Schreck überkam Pucki. Sie schaute nach der Uhr. Claus mußte bald nach Hause kommen, und das Essen war nicht fertig.

„Ich komme schon!“ Am richtigsten war es wohl, wenn sie selbst hinüber zur Gemüseverkäuferin ging. Frau Rudolfi hatte vielleicht auch schon von den schlimmen Worten gehört, die sie gesagt haben sollte, aber Frau Rudolfi war eine gar liebe Frau.

Rasch griff Pucki zu Hut und Mantel und eilte hinüber. Glücklicherweise war der Laden leer. Frau Rudolfi fragte freundlich nach den Wünschen der Frau Doktor.

„Ich bitte um einen Blumenkohl.“

Sie erhielt das Gewünschte. Zögernd blieb sie stehen.

„Noch etwas, Frau Doktor?“

Puckis Herz war übervoll. „Sagte man Ihnen auch schon – – Ich soll – – Man erzählt im Städtchen, ich sei unfreundlich gewesen. – Haben Sie auch schon davon gehört?“

Da kamen schon wieder die bösen Tränen. „Wenn ich meinem Manne die Praxis verdorben hätte! – – Ach, liebe Frau Rudolfi, Sie sind immer sehr freundlich zu mir gewesen. – Wenn Kunden zu Ihnen kommen und über mich zetern, bitte, sagen Sie, ich hätte nichts Derartiges gesagt. – Ich bin ja so unglücklich."

Die Gemüsehändlerin beruhigte Pucki. Es war nicht das erstemal, daß es geschah. Dreizehn Jahre waren es nun schon her, daß Pucki Sandler nach Schulschluß mit den Niepelschen Jungen und anderen Schulgefährten eine Schneeballschlacht machte. Dabei war einer der Schneebälle, von Pucki geschleudert, in die Glasscheibe der Ladentür geflogen. Die Scheibe fiel klirrend zur Erde, und Pucki war darüber furchtbar entsetzt gewesen. Frau Rudolfi hatte damals das weinende Mädchen trösten müssen. Pucki brachte später ihrer freundlichen Trösterin hin und wieder Waffeln mit. So knüpfte sich zwischen Alt und Jung ein herzliches Band der Freundschaft. Die Zuneigung, die Frau Rudolfi schon dem Schulkinde entgegenbrachte, blieb bestehen. Nun mußte sie abermals die weinende junge Frau trösten.

„Üble Lästerzungen gibt es in jedem Ort, liebe Frau Doktor, deswegen brauchen Sie nicht zu weinen. Denken Sie immer daran, daß es die schlechtesten Früchte nicht sind, an denen die Wespen nagen. So heißt es ja in einem Sprichwort."

Neues Schluchzen kam über Puckis Lippen. „Sprüche sind mein Verderben, Frau Rudolfi. Ich habe auch nur einen Spruch gesagt."

Und nun berichtete sie, was sie zur Nachbarin gesagt hatte.

„Beruhigen Sie sich, Frau Doktor, ich will mit Frau Anger reden. Kein Mensch wird daran denken, nicht mehr zu unserem guten Herrn Doktor zu gehen. Wir Rahnsburger sind ja heilfroh, solch einen tüchtigen Arzt bekommen zu haben."

„Was soll ich nun beginnen?"

„Erzählen Sie alles Ihrem Manne, und dann lassen Sie die Leute reden. Ich habe es auch durchmachen müssen. Böse Zungen wissen dem lieben

Nächsten immer etwas anzuhängen. Hier in Rahnsburg gibt es, gottlob, noch genug vernünftige Menschen, die nicht daran glauben werden, daß Sie solche Worte gesagt haben."

„Wenn ich nun aber meinem Manne schaden würde! – Er wird sich gewiß darüber ärgern."

„Liebe Frau Doktor, wer Sie kennt, der weiß genau, daß Sie eine gute Hausfrau und ein guter Mensch sind. Wir kennen Sie seit Ihrer Kindheit, wir kennen auch Ihre Eltern. Sie fügen keinem Menschen absichtlich Böses zu. Im Gegenteil, einige Rahnsburger regen sich schon auf, daß Sie den Kranken so viel zukommen lassen. Sehen Sie, man kann es nie allen recht machen."

„Was mache ich nur, um alle wissen zu lassen, daß ich nichts von Ochse und Esel gesagt habe."

„Wie war der schöne Spruch, den Sie Frau Anger sagten?"

Pucki wiederholte den Vierzeiler. „Es war vielleicht dumm von mir, daß ich das sagte. Aber ich ärgerte mich, daß man über den jungen Zorge böse Worte spricht."

„Sie haben Frau Zorge eine große Freude dadurch gemacht, daß Sie ihrem Jungen Arbeit gaben. Das hat sicherlich auch dem Georg wohlgetan. Machen Sie ruhig so weiter, wie es Ihnen Ihr Gefühl eingibt. Das ist dann das richtige."

Trotzdem war Pucki nicht getröstet. Sie wartete voller Ungeduld auf ihren lieben Claus, dem sie heute zwei schlimme Taten berichten mußte: das „Kamel" und die zerbrochene „Badewanne". – Was würden die Schwiegereltern und die eigenen Eltern sagen, daß Pucki eine solche Äußerung getan hatte!

Das Sprechzimmer war endlich fertig, als Claus nach Hause kam. Er sah sofort, daß Pucki geweint hatte.

„Nun", lachte er gutgelaunt, „was hast du beim Aufräumen zerbrochen?"

„Die Badewanne und – –"

„Fürchterlich!“

„Claus, es ist schlimm! – Es wird mir schwer genug, dir alles zu erzählen. Aber wir haben es uns gelobt, keine Geheimnisse voreinander zu haben. Ach, Claus – –!“

„Was das Reinemachen für schreckliche Dinge mit sich bringt.“

„Du weißt nicht, was geschehen ist, Claus! – Ach –“ Und wieder kamen die Tränen. Da wurde Claus ernst. Er legte den Arm um seine erregte kleine Frau und fragte zärtlich, was ihr denn fehle. Pucki versuchte, das Weinen zu unterdrücken, doch von Zeit zu Zeit kam ein so jämmerliches Aufschluchzen aus ihrer Brust, daß es Claus schwer fiel, ernst zu bleiben. Das Unglück mit der zerschlagenen „Badewanne“ wurde von Pucki zu schauerlich geschildert. Dann folgte die Geschichte von der üblen Nachrede.

„Vielleicht habe ich dir die ganze Praxis verdorben. Ach, Claus, nun müssen wir einpacken! – Du mußt dir ein anderes Arbeitsfeld suchen, und ich, ich ganz allein habe die Schuld daran.“

Er ließ Pucki genau alles erzählen, strich ihr hin und wieder liebevoll über das Haar und sah ihr dann in die tränenfeuchten Augen.

„Kleine Frau, so etwas muß man nicht allzu schwer nehmen. Glaube mir, auch ich habe schon in den ersten Wochen, da ich mich hier niederließ, manche üble Nachrede ertragen müssen. Das hat mich nicht gestört. Du weißt, daß meine Praxis gut ist. Verleumder sind wie gereizte Bienen. Wenn man aber stillsteht und nicht nach ihnen schlägt, so summen sie zwar noch eine Weile um einen herum, aber sie stechen nicht mehr. Ich habe es mir längst gedacht, daß man meine kleine, liebe Frau einmal vornehmen würde. Es gibt immer Neider auf der Erde, die rottet man nicht aus. Daß du so brav für den jungen Zorge eingetreten bist, gereicht dir nur zur Ehre.“

Unsicher schaute sie zu dem Gatten auf. „Bist du mir nicht böse, Claus?“

„Nein, liebe kleine Frau! – Es schadet nichts, wenn man lästernden Menschen einmal ehrlich die Meinung sagt. So habe ich es auch immer gehalten. Es soll nur einer kommen und über dich schelten, dem will ich eine rechte Antwort geben."

„Aber die Praxis – –"

„Es wäre traurig um mich bestellt, wenn ich aus Furcht, einen Patienten zu verlieren, meine prachtvolle kleine Frau beschimpfen ließe. Ich finde, du hast deine Sache sehr gut gemacht."

Pucki stieß einen Freudenruf aus.

„Viel schlimmer ist die Sache mit der Badewanne", fuhr Claus, wieder lachend, fort. „Was mache ich nun?"

„Ach, Claus, ich werde auch – – vor Weihnachten nicht wieder aufräumen – –"

„Vor Ostern nicht mehr! Laß wenigstens meine Instrumente in Ruhe."

Immer wieder mußte Claus an seine Frau tröstende Worte richten. Schließlich schwand ihr Jammer, als Claus erklärte, er würde heute abend, wenn irgendwie Zeit sei, mit ihr die Einkäufe machen und auch jenen Kaufmann aufsuchen. Dann würde die Angelegenheit bald klargestellt sein.

„Wollen mal sehen", meinte er scherzend, „ob unsere liebe Nachbarin, Frau Anger, nicht schon heute nachmittag in meine Sprechstunde kommt, um über die Sache zu reden. Sticht sie, so steche ich wieder. Summt sie nur, so tue ich ihr auch nichts. Das ist der richtige Weg, Pucki, den wir gehen wollen."

Claus schien wirklich recht zu haben. Als er sich am Abend mit seiner Frau in den Geschäften zeigte, kam man Pucki freundlich und höflich entgegen. Ebenso hatte sich Frau Anger eingefunden, die von Claus eine gründliche Zurechtweisung bekommen hatte. Dennoch, wenn auch das Mißverständnis geklärt war, so gab es doch noch Leute im Städtchen, die behaupteten, die junge Frau Doktor Gregor sei eine vorlaute und dreiste Person, mit der man sich am besten nicht einlasse.

„Mach dir nur nichts daraus, Pucki“, mahnte Claus, „dich wird noch manches böse Wort im Leben treffen. Neider gibt es leider überall in der Welt. Sorge dafür, daß du vor der gesamten Welt, vor allem aber vor dir selber bestehen kannst. Dann brauchst du Lästerzungen nicht zu fürchten.“

Seit diesem Trost hielt Pucki es für ihre Pflicht, doppelt gut für Claus zu sorgen. Jeden Morgen betrachtete sie sein Gesicht prüfend, zog ihn auf die Waage, und, wenn sich keine Zunahme zeigte, seufzte sie sorgenvoll. Die Tage vergingen, der erste Advent rückte immer näher. Die hundertvierzig Pfund aber wurden nicht erreicht, obwohl Pucki ihrem Manne immer das vorsetzte, was Claus am liebsten aß. Nun war er seit zwei Tagen nicht mehr auf die Waage gestiegen, weil er meinte, es bereite ihr Herzweh, wenn sie sähe, daß er nicht zunähme.

Am Sonnabendmorgen bat sie ihn gar herzlich, auf die Waage zu steigen.

„Laß nur, Pucki.“

„Nein, nein, Claus, hiergeblieben!“

Er war noch im Schlafanzug und lief ihr davon.

Sie aber eilte ihm nach: „Ich muß wissen, was du wiegst.“

„Bereitet dir das wirklich so viel Kummer?“

„Ach, Claus, ich werde erst ruhig sein, wenn du dir wieder hundertvierzig Pfund angegessen hast.“

„Nun gut“, sagte er, „so will ich mich heute wieder wiegen. Ich komme gleich.“

Dann stieg er auf die Waage.

„Claus – sieh her, hundertzweiundvierzig Pfund!“

„Na also, bist du nun zufrieden?“

„Überglücklich!“

„Nun kann ich auch die Mehlsuppe fortlassen?“

„Ja, mein Clauschen, ja. – Aber laß mich rasch noch einmal nachsehen. – Wirklich – wahrhaftig! Hundertzweiundvierzig Pfund." Sie stieg mit auf die Waage, umarmte ihn und jubelte: „Jetzt endlich habe ich es erreicht. – Nun können die Eltern kommen!"

Im Schlafzimmer nahm Doktor Gregor ganz heimlich einige Gewichte aus den Taschen seines Schlafanzuges. „Das hätte ich längst machen sollen", dachte er, „die unangenehme Mehlsuppe wäre mir erspart geblieben. Eine liebe, unschuldige Frau habe ich mir erwählt. Warum soll ich sie nicht von ihrer Sorge durch eine kleine List befreien?"

Pucki weiß sich zu helfen

Unschlüssig hielt Pucki die Türklinke in der Hand. Sollte sie ins Sprechzimmer hineingehen? Sie wußte, er liebte es nicht, gestört zu werden, falls nicht gerade dringende Dinge vorlagen.

Zornig ballte Pucki die Hand zur Faust. Mit dem alten Großpapa war zeitweilig wirklich nichts anzufangen! Mitunter konnte er recht nett sein; besonders ihr gegenüber bemühte er sich seit einiger Zeit, höflich und freundlich zu sein. Um so unangenehmer zeigte er sich in den Sprechstunden. Er kam in jeder Woche viermal, hielt Claus über Gebühr lange auf, und wenn Pucki ihrem Manne darüber sanfte Vorwürfe machte, sagte er begütigend, die Rechnung für Herrn Wallner würde dementsprechend ausfallen.

„Alles das, was wir von Wallner bekommen, bleibt für das blaue Auto, das du so gern haben willst."

„Ich will es in erster Linie für dich, Claus. Es strengt dich zu sehr an, auf dem Motorrad sitzen zu müssen. Wenn wir erst ein Auto haben, können wir uns vielleicht bald einen Chauffeur halten – –"

„Soooooo? – Dann muß Herr Wallner von nun an täglich zweimal kommen."

Pucki wehrte entsetzt ab. „Nein, nein, ich weiß einen anderen Ausweg. Ich lerne fahren und bringe dich zu den Patienten, während du in den Polstern sitzt und überlegst, was du den Kranken verschreiben mußt."

Im Sprechzimmer ging es wirklich recht laut zu. Herr Wallner tadelte wieder einmal die verschriebenen Medikamente.

„Ich lese so oft, daß nervöse Menschen von ihrem Leiden geheilt werden. Ihre Mittel taugen nichts, Herr Doktor!"

„Ich glaube, daran sind Sie schuld, Herr Wallner", erwiderte der Arzt ruhig. „Sie verlangen alle drei Tage ein anderes Mittel. Sobald Sie eine Anzeige lesen, nehmen Sie das Mittel ein und erwarten, daß es innerhalb vierundzwanzig Stunden helfen soll. Solange Sie auf eigene Faust nebenher kurieren, bin ich machtlos."

„So reden alle Ärzte, wenn sie nicht weiter wissen. Verschreiben Sie mir etwas, was Erfolg hat. – Wie ist es denn mit Nervosin oder Talodin?"

„Sie schlucken genug Gifte, lieber Herr Wallner."

„Ich wünsche aber, daß Sie mir etwas Neues verschreiben."

Pucki, die der Unterredung Wort für Wort folgen konnte, schüttelte ärgerlich den Kopf. Wenn Herr Wallner alle die Medikamente eingenommen hätte, die er verlangte, wäre er heute schon vergiftet. Immer wieder mußte Claus den aufgeregten Mann beschwichtigen, abwehren und ihm gut zureden. Er wußte genau, daß die schweren Medikamente den ohnehin geschwächten Nerven Wallners schädlich waren. So nahm sich die junge Frau vor, wenn der alte Griesgram wieder einmal zum Nachmittagskaffee kam, ihn ruhig und freundlich zu ermahnen, von diesen Giften abzulassen.

Der arme Claus! Er hatte es nicht leicht. Es gab viele ungeduldige Patienten, viele häßliche Menschen, die ihm den ohnehin schweren Beruf noch schwerer machten. Patienten hatte Claus nicht verloren durch jene Worte, die sie Frau Anger gesagt hatte. Sie aber wurde seit dieser Zeit von manchen scheel angesehen. Trotz größter Freundlichkeit war es ihr nicht gelungen, die Gunst der Rahnsburger wieder zu erringen. Dafür sorgten unablässig Frau Bohrmann und ihre drei Töchter.

Pucki wollte jetzt nicht daran denken. Morgen kamen die Schwiegereltern zu Besuch. Leider hatte Tante Grete, die Schwester des Oberförsters, abgesagt. Pucki hätte sich herzlich gefreut, die alte Dame im eigenen Heim begrüßen zu können, bei der sie sechs Jahre lang als Schülerin in Pension gewesen war. Wie treulich hatte Tante Grete für ihre Schutzbefohlenen gesorgt, wieviel Freude wurde ihnen durch sie bereitet. Tante Grete war freilich mitunter eine strenge Aufsicht gewesen, und mancher Tadel war über ihre Lippen gekommen, wenn die heranwachsenden jungen Mädchen gar zu tolle Streiche verübten.

Puckis Wohnung war blitzsauber, die Einkäufe waren erledigt. Claus meinte scherzend, Pucki möge morgen zur Feier des Tages Filet braten. Sie lehnte es aber ab. Eine kleine, rundliche Gans wartete darauf, gebraten und verspeist zu werden. –

Sekundenlang zitterte das Haus. Da wußte Pucki, daß Großvater Wallner das Sprechzimmer verlassen hatte. Wenn er unbefriedigt fortging, knallte er die Türen kräftig hinter sich zu. Claus versuchte zwar nach Möglichkeit dieses Manöver zu verhindern, heute aber war es ihm wieder einmal nicht gelungen. Von der Straße her hörte Pucki Herrn Wallner sogar noch laut schelten, dann trollte er sich davon.

Endlich war die Nachmittags-Sprechstunde vorüber.

Liebevoll nahm die junge Frau den Gatten in die Arme: „Du bedauernswerter Mensch, wie schwer ist doch ein Auto zu verdienen!“

Er lachte. „Ja ja, unser guter Großpapa war heute wieder einmal sehr unzugänglich.“

„Hast du ihm eine neue Medizin verschrieben?“

„Wo werde ich denn, Pucki! Ich habe nicht die Absicht, Herrn Wallner die Nerven völlig zu ruinieren.“

„Da ist er gewiß sehr böse gewesen.“

„Nun, ich habe ihm zwei Pulver mitgegeben."

„Also doch, Claus."

„Diese Pulver werden seinen Nerven nichts schaden."

„Du weißt, Claus, ich bin sehr lernbegierig. Es könnte doch einmal sein, daß in deiner Abwesenheit ein Patient auch etwas verlangt."

„Pucki, du weißt, daß du den Patienten kein Medikament verabreichen darfst."

Am Abend gab es für die junge Hausfrau noch allerlei zu tun. Aufgeregt lief sie, nachdem der Abendbrottisch abgeräumt war, durch alle Zimmer und prüfte nochmals, ob jedes Stück am rechten Fleck stand. Beim Schlafengehen bat sie den Gatten, schnell noch einmal auf die Waage zu steigen. „Ich muß wissen, ob du die zwei Pfund behalten hast."

„Morgen früh", sagte Claus, denn er hatte die Gewichte nicht zur Hand.

„Nun gut. – Wenn die zwei Pfund wieder heruntergewirtschaftet sind, beginne ich wieder mit der Mehlsuppe."

Am anderen Morgen, dem ersten Adventssonntag, erhob sich Pucki früher als sonst. Sie konnte nicht mehr schlafen, sie war viel zu erregt, ob heute alles klappen würde. Als Claus sich eine Viertelstunde später erhob, zog sie ihn ins Sprechzimmer.

„Ich muß dich wiegen."

„Warte noch einen Augenblick", sagte er und trat an einen Schrank.

„Nein, Claus, rasch hinauf auf die Waage."

„Pucki, gute, goldene Pucki, geh und hole mir rasch ein Taschentuch aus dem Schlafzimmer."

Pucki blickte zwar ein wenig erstaunt darein, eilte aber sogleich davon und kam mit Windeseile wieder zurück. Sie sah gerade noch, wie Claus einen Schrank zuschlug.

„Ach, Pucki, wir wollen das dumme Wiegen lassen."

Er hatte aus Versehen zwei zu große Gewichte ergriffen und mußte eines davon, ehe er auf die Waage stieg, beseitigen. Aber Pucki stand wie ein Polizist neben ihm. Nicht einmal das Taschentuch gab sie ihm, da sie behauptete, jedes Gramm sei von Wichtigkeit. Sie müsse genau erkunden, was er wiege.

Da stieg Claus auf die Waage.

„Claus – hundertachtundvierzig Pfund! – Claus!" Pucki umschlang ihren Mann. Da fühlte sie an ihrer Hüfte etwas Hartes. Sie ließ los, blickte auf den Schlafanzug, auf die sich bauschende Tasche und griff hinein. „Claus – was ist das? – Gewichte?"

„Ach", sagte er lachend, „wie mögen die nur in die Tasche des Schlafanzuges gekommen sein?"

„Claus, du bist ein Betrüger! – Jetzt bist du ertappt." Pucki nahm die Gewichte aus der Tasche, untersuchte die anderen und schob ihn erneut auf die Waage. „Claus", klang es nochmals, „für so einen Schwindler hätte ich dich nicht gehalten."

Pucki sagte gar nichts, als die Waage hundertsechsunddreißig Pfund zeigte. Sie ging wortlos hinaus in die Küche und bereitete eine Mehlsuppe. Claus ging ihr lachend nach.

„Mein geliebtes Puckilein, dein armer Mann bittet dich herzlich, ihm die Mehlsuppe zu erlassen. Er fühlt sich durchaus wohl, kräftig und gesund."

„Es gibt Mehlsuppe."

„Pucki, kleine, garstige Frau, dein Mann verlangt von dir, daß die Mehlsuppe fortbleibt."

„Nein, Claus, du bekommst Mehlsuppe!"

„Pucki, kleiner, lieber Eigensinn, dein Mann tobt und wettert, wenn er wieder Mehlsuppe essen muß. Ich werde rasend, ich mache Skandal wie der Großpapa. – Hüte dich, mir die Mehlsuppe zu bringen."

„Die Mehlsuppe dient deiner Gesundheit."

„Nichts nützt sie, das mußt du doch einsehen. – Pucki!“ Claus rollte furchtbar mit den Augen. „Ich verklage dich bei den Eltern, ich erzähle ihnen, daß du ein Haustyrann bist. Willst du das auf dich nehmen?“

Pucki wurde kleinlaut. „Wenn sie dich fragen, wieviel du wiegst, wenn sie sagen, du siehst elend aus? –“

„Das sagen sie ganz bestimmt nicht. – Also, kleine süße Pucki, laß uns Frieden schließen. Wir wollen den ersten Adventssonntag in unserer jungen Ehe doch nicht mit einem Streit beginnen. Ich gieße die Mehlsuppe zum Fenster hinaus. In demselben Augenblick kommt Frau Bohrmann mit ihren drei Töchtern vorüber und ganz Rahnsburg spricht von unserer unglücklichen Ehe. – Pucki, kein Mann, keine Frau, kein Kind betritt mehr das Arzthaus, in dem ein wildgewordener Arzt praktiziert. Verhungern müssen wir, nicht einmal Mehlsuppe werden wir kochen können! Alle Wochen nehme ich fünf Pfund ab! Rechne einmal aus, in wieviel Wochen dann nichts mehr von mir da ist!“

Da mußte Pucki herzlich lachen und nahm die Suppe vom Feuer, drohte aber ihrem Claus noch mit dem Kochlöffel.

„Gut, mit hundertsechsunddreißig Pfund will ich mich zufrieden geben. Wenn es aber weiter bergab geht, Claus, dann setze ich meinen Willen durch.“

„Pucki, wenn du noch lange mit mir schiltst, dann wird die Gans nicht gar, und unten fährt das Auto mit den Eltern vor. Dabei ist in meinem Sprechzimmer noch kein Staub gewischt, Instrumente sind noch zu waschen, im Eßzimmer muß der Teppich rasch noch einmal geklopft werden, und die Fenster sind auch nicht ganz sauber. Mußt sie schnell putzen, Pucki!“

„Na, warte nur, Claus, deinen Eltern will ich erzählen, wie du mit mir umgehst!“ – –

Als dann Oberförster Gregor und seine Frau in dem behaglichen Wohnzimmer saßen, gab es von keiner Seite Klagen. Wenn sich Claus einmal aus dem Zimmer entfernte, schwärmte Pucki geradezu von ihrem prächtigen Mann, und wenn Pucki von häuslichen Pflichten in Anspruch genommen war, lobte Claus seine kleine Frau und erklärte den Eltern, daß es ganz wundervoll sei, verheiratet zu sein. Jetzt erst wisse er, wie schön das Leben wäre.

Selbstverständlich neckte der Oberförster seine Schwiegertochter tüchtig. Aber Pucki strahlte über das ganze Gesicht, weil durch die Neckerei die Anerkennung über ihr Verhalten als junge Hausfrau klang. Auch Frau Gregor sagte, daß Pucki eine prächtige Hausfrau sei und sie sehr glücklich darüber wäre, ihren Claus in so guter Hut zu wissen.

„Er wird sich einbilden“, lachte Oberförster Gregor, „er sei schon im Himmel.“

„O nein, lieber Papa, er hat mit manchem Patienten gräßlichen Ärger, besonders mit dem Großpapa Wallner. Das ist eine Schinderei, das kostet Nerven. – Nur wegen des Autos ertragen wir ihn.“

„Ja, was ist denn los?“

Das junge Ehepaar erzählte von dem sonderbaren, leidenden alten Mann.

„Er arbeitet mir geradezu entgegen“, sagte Claus. „Alles, was er an Anpreisungen liest, möchte er einnehmen.“

„Nun, so bemogele ihn doch ein wenig, Claus. Mache es so wie in dem Erholungsheim, in dem Tante Grete kürzlich war. Die Kranken dort waren alles nervöse Menschen, und die Leiterin, eine sehr kluge Frau, hat den meistens nur eingebildet Kranken stets unschädliche Mittel verabreicht. Der Erfolg war glänzend. Die Erholungsuchenden bildeten sich ein, sie könnten nur mit Schlafmitteln schlafen, sie hätten nur Appetit zum Essen, wenn sie vorher etwas Anregendes bekämen und dergleichen mehr. So trug die Leiterin allen diesen Wünschen mit harmlosen Scheinmitteln Rechnung und erzielte die prächtigsten Erfolge.“

„In einem Erholungsheim mag das möglich sein“, lachte Claus.

„Du müßtest es mit dem Großpapa genau so machen, Claus. Die vielen Mittel schaden ihm nur.“

„Nun, Pucki, ich hoffe trotzdem, daß der alte Herr in Rahnsburg Besserung findet."

„Wenn er beständig immer neue Mittel schluckt?"

„Herr Wallner ist ein kranker Mann, kleine Frau, vergiß das nicht. Nun wollen wir aber nicht länger von dem alten Herrn reden. Er kommt oft genug an die Reihe."

Der Sonntag verlief zu aller Zufriedenheit. Das Essen war prächtig geraten, und stolz heimste Pucki das gespendete Lob ein. Wieder neckte sie Claus.

„Wenn ihr das nächstemal zu uns kommt, gibt es Filetbraten."

Da gab es aufs neue Gelächter, als Pucki ihre Erlebnisse mit dem Filetbraten erzählte. Und wieder stellten Gregors fest, daß die junge Frau, obgleich sie noch voller Übermut steckte, die rechte Lebensgefährtin für ihren ernsten Claus sei. Gerade weil Pucki mitunter mit ihren Äußerungen etwas zu temperamentvoll war, weil sie sich manchmal zu törichten Worten hinreißen ließ, gerade deswegen wurden heitere Augenblicke geschaffen, die Claus innerlich erfrischten.

Auch von Eberhard, dem jüngeren Bruder des Arztes, wurde viel gesprochen. Mit Eberhard war Pucki einige Jahre bei Tante Grete in Pension gewesen. Er war der beste Freund von Hans Rogaten, dem jungen Apotheker, der Pucki verehrt und begehrt hatte. Von Hans Rogaten sprach Pucki ungern, obwohl sie oft an ihn dachte. Sie hatte stets ein mitleidiges Gefühl, wenn sie sich seiner erinnerte, denn sie wußte, daß er sie sehr gern zu seiner Frau gemacht hätte.

„Wo steckt denn Eberhard zur Zeit?" fragte Pucki.

„Er fährt augenblicklich nach Indien."

„Was will er denn da? Er als Ingenieur sollte lieber auf einer Werft arbeiten."

„Wird auch noch kommen. Vorläufig fährt er auf einem Schiff. Dort ist er als Schiffsingenieur auch nötig. Die großen schwimmenden Hotels müssen Ingenieure an Bord haben.“

„Da ist es mir doch lieber, daß ich einen Arzt zum Manne habe.“

Am späten Nachmittag wurde Claus zu einem Kranken abgerufen. Pucki bedauerte das sehr, und sie meinte ein wenig altklug: „Ja, ja, so sieht das Leben einer Arztfrau aus. Auf Überraschungen muß sie gefaßt sein.“

„Was machst du denn, Pucki, wenn jetzt ein Schwerkranker kommt?“

„Soviel ich kann, verarzte ich ihn.“

Oberförster Gregor lachte, und Pucki wurde rot. Sie mußte an ihre mangelhaften Leistungen nach dieser Richtung hin denken. Doch mit der Zeit würde auch das besser werden! Gerade vor acht Tagen hatte sie bewiesen, daß sie bereits Blut sehen konnte und daß ihr nicht schwindelig wurde, wenn es galt, einen Finger zu verbinden.

Kurz vor dem Aufbruch lud Pucki die Schwiegereltern ein, das Weihnachtsfest in Rahnsburg zu verleben. „Meine Eltern und die Geschwister müssen auch kommen. Dann wird es eine großartige Sache werden. Wir können leider nicht fort, denn gerade zu Weihnachten hoffe ich, wird es Arbeit für meinen Claus geben. Die Kinder verderben sich am Pfefferkuchen den Magen, mitunter fällt ein Weihnachtsbaum um, einer verbrennt sich die Hand – –“

„Sei still“, sagte Claus, der nach kurzer Abwesenheit wieder zurückgekommen war, „eine Arztfrau muß eine menschenfreundlichere Gesinnung zeigen, als du sie soeben an den Tag legst.“

„Alles für unser Auto, lieber Claus.“

Am Abend zehrte Pucki noch von ihren Lorbeeren, die sie geerntet hatte. Wie angenehm klangen ihr die zärtlichen Worte der Schwiegereltern in den Ohren. Auf ihre angstvolle Frage, ob Claus schlecht aussähe, wurde ihr von beiden Seiten bestätigt, daß er einen außerordentlich gut gepflegten Eindruck mache. Das beruhigte sie, und beim Schlafengehen versprach sie ihrem Mann, daß es zunächst keine

Mehlsuppe mehr gäbe, aber weiterhin gut gekochtes und kräftiges Essen mit viel Vitaminen.

„Im Winter fehlen leider der menschlichen Ernährung die Vitamine C, nämlich frisches Gemüse, und die Vitamine D, der Sonnenschein. Kommen wir nun zu den Kalorien – –"

„Freilich, Pucki, darum – – gute Nacht!"

„Claus, ich möchte dir noch einen kleinen Vortrag halten."

„Mir fehlen augenblicklich die Vitamine Z, das ist der Schlaf. – Gute Nacht, gelehrte kleine Pucki. – Du warst heute fabelhaft tüchtig. Kurzum: eine Prachtfrau!"

Darum trug Pucki am nächsten Tage den Kopf sehr hoch. „Prachtfrau", flüsterte sie mitunter vor sich hin und nahm sich fest vor, diese Prachtfrau zu bleiben.

Um neun Uhr war Herr Wallner der erste Patient, der im Sprechzimmer saß. Dieses Mal schloß Pucki die Küchentür sorgsam zu. Sie wollte nicht hören, was der alte Herr wieder zu nörgeln hatte.

Um elf Uhr machte Claus seine Krankenbesuche, erklärte aber, Pucki brauche heute das Mittagessen nicht vor zwei Uhr anzurichten. Er müsse hinaus nach einigen Dörfern.

„Nach Weihnachten essen wir regelmäßiger, im Auto geht es schneller."

Claus tat ihr leid. Es war heute besonders ungünstiges Wetter. Grau und schwer hingen die Wolken nieder; dazu blies ein schneidender Wind. Um ein Uhr klingelte es. Pucki, die in Abwesenheit des Gatten die Patienten gern selbst empfing oder Bestellungen entgegennahm, öffnete die Tür. Mit zorngerötetem Gesicht stand Herr Wallner vor ihr.

„Was ist das für ein Wind", herrschte er die junge Frau an.

„Ostwind", klang es ebenso unfreundlich zurück. Pucki ärgerte sich, daß Herr Wallner kein Wort der Begrüßung für sie hatte.

„Bleibt das im Dezember immer so?"

„Fragen Sie bei Herrn Petrus an. – Wollen Sie eintreten, Herr Wallner?“

„Natürlich will ich das! Oder meinen Sie, ich verhandle mit meinem Arzt auf dem Flur? – Wozu hat er sein Sprechzimmer.“

Pucki lächelte süßlich. Sie wußte längst, daß man mit dem Großpapa freundlich verkehren mußte. Außerdem hupte draußen gerade ein Auto. Da dachte sie an den eigenen Wagen, den sie zu Weihnachten anschaffen wollten.

„Sprechstunde ist von neun bis elf Uhr und von fünf bis sieben Uhr. Jetzt ist es erst ein Uhr. – Aber einen so lieben Gast wie Sie, Herr Wallner, empfange ich immer gern.“ Sie nötigte ihn ins Wohnzimmer. Herr Wallner verlangte ins Sprechzimmer geführt zu werden, denn er käme zur Konsultation, aber nicht zum Kaffeetrinken. Obwohl Pucki sagte, daß Claus nicht zu Hause wäre, bestand Herr Wallner darauf, sein Anliegen im Sprechzimmer vorzubringen. Pucki gab nach. „Womit kann ich dienen?“ fragte sie und machte ihr gelehrtes Gesicht.

Die Nerven gingen Herrn Wallner wieder durch. Er schalt von neuem auf den starken Wind, der in Rahnsburg besonders heule, auf sein Zimmer, in dem er den Wind doppelt laut höre, und daß er bei solchem Lärm nicht schlafen könnte, er sehne sich aber danach, nach Monaten wieder einmal ein Viertelstündchen die Augen zu schließen. Der teuflische Rahnsburger Wind sei sein Verderben.

„Nun“, meinte Pucki trocken, „in Eisenach wird es auch Wind geben.“

„Dumme Redensart“, brauste Herr Wallner auf.

„Danke“, lächelte Pucki, „da wir uns bisher gut vertragen haben, so soll auch heute nichts an dem Ton unserer Freundschaft geändert werden.“

„Der Wind stört mich, ich möchte schlafen. – Die Schlafpulver, die mir der Doktor gegeben hat, nützen gar nichts. Es soll Mittel geben, die viel besser wirken.“

„Ganz gewiß, Herr Wallner. Wenn mein Mann zurückkommt, werde ich es ihm sagen. Schicken Sie Fräulein Faupe her und lassen Sie das Rezept abholen.“

„Wenn ich schlafen will, mag ich nicht warten. Ich wünsche ein Schlafpulver, damit ich endlich zur Ruhe komme. Ich bin müde und möchte mich niederlegen."

„Mein Mann ist aber nicht daheim."

„So geben Sie mir ein Schlafpulver. In einem Arzthaushalt muß es doch verschiedene Schlafmittel geben."

„Sobald mein Mann zurück ist, werden Sie Bescheid bekommen."

Herr Wallner schlug mit der Faust auf den Tisch. „Ich will sofort ein Schlafpulver haben, ich will jetzt ein Schlafpulver! Ich will noch in dieser Minute ein Pulver, denn ich verspüre eine leichte Müdigkeit und will sie durch ein Pulver unterstützen. – Geben Sie mir ein Schlafmittel."

„Ich habe keins."

„Das ist eine dumme Ausrede! Ich gehe nicht eher von hier fort, als bis ich das Pulver bekommen habe, das merken Sie sich. Reizen Sie mich nicht, ich will das Pulver haben!"

Soviel wußte Pucki auch schon, daß sich Herr Wallner augenblicklich wieder in großer nervöser Erregung befand. Claus hatte ihr eingeschärft, Kranke in diesem Zustande nicht zu reizen, sondern nachzugeben. Er hatte ihr aber auch ebenso strenge verboten, den Patienten irgend etwas auszuhändigen. Es war auch gar nicht möglich, ihm etwas zu geben, denn Claus hielt den Schrank, in dem er Versuchsmedikamente aufbewahrte, sorgsam verschlossen.

„Mein lieber, guter Herr Wallner", sagte sie im süßesten Tonfalle – –

„Ich bin nicht Ihr Herr Wallner, ich verlange ein Schlafmittel!" Er war aufgestanden und stand mit bösen Augen vor Pucki.

Was sollte sie beginnen? Claus war durch den Fernsprecher nicht zu erreichen. Ob sie hinauf zu Doktor Kolbe schickte? – Wie beruhigte sie solch einen nervösen Menschen? – Was hatte der Schwiegervater von dem Walderholungsheim erzählt, in dem Tante Grete gewesen war? Eingebildet Kranken verabreichte sie unschädliche Mittel?

„Wie lange muß ich noch warten?“ schlug die Stimme des Großvaters an ihr Ohr.

Da kam der Übermut wieder über Pucki. Was blieb ihr auch anderes übrig? Sie mußte den erregten Großpapa loswerden. Wenn er also durchaus ein Schlafmittel haben wollte, so mußte er Zucker oder Salz schlucken, das sie ihm als Schlafmittel geben würde. Nicht mehr die überlegte Arztfrau stand vor Herrn Wallner, nein, die übermütige Pucki war es, die gern einen lustigen Streich ersann. Die blauen Augen blitzten.

„Ich hätte schon etwas“, sagte sie leise, „ich habe ein Mittel, das geradezu Wunder wirkt. Aber ich gebe es nicht gern, weil mir mein Mann verboten hat, irgendein Mittel während seiner Abwesenheit abzugeben. Das verstehen Sie doch.“

„Was ist das für ein Mittel?“

„Man nimmt es ein, und schon nach einer Viertelstunde schläft man. Es ist wie Hexerei!“

„Haben Sie das Mittel bei der Hand?“

„Ich werde es holen.“

Pucki entfernte sich. Sie ging in die Küche, schnitt ein weißes Stück Papier zurecht, faltete es sachgemäß, wie sie das bei anderen Pulvern gesehen hatte und schüttete etwas Mehl, etwas Zucker und etwas Salz hinein. Als ihr die Mischung nicht recht gefiel, wurde die Kaffeemühle zweimal gedreht und das weiße Gemengsel mit etwas Kaffee gemischt. Pucki lachte leise in sich hinein. Ihr Claus durfte davon nichts erfahren. Sie ahnte, daß er ihren Übermut nicht gutheißen würde. Aber den Großpapa mußte sie doch loswerden.

Sie hörte ihn unruhig im Zimmer auf und ab rennen. Da kam sie zurück und legte geheimnisvoll das Papier mit dem Pulver in die Hand Wallners.

„Verraten Sie mich nicht, daß ich Ihnen dieses Mittel gab. Sie schlafen danach wie tot.“

„Ich danke Ihnen, Frau Doktor. Ich wußte, daß Sie ein guter Mensch sind. Werde ich wirklich schlafen?“

„Ganz fest, der Rahnsburger Wind wird Sie nicht wecken können. Doch nun dürfen Sie nicht länger zögern. Gehen Sie rasch nach Hause, nehmen Sie das Pulver und legen Sie sich ins Bett. – Dann schlafen Sie.“

Pucki hatte Mühe, das Lachen zu verbergen. Sie ließ den Großpapa gehen und atmete auf, daß sie ihn auf so leichte Art und Weise losgeworden war. Gar zu gern hätte sie Claus davon erzählt. Aber es war doch wohl besser, wenn sie schwieg. Alles, was in seinen Beruf hineinspielte, nahm er furchtbar ernst. Hier duldete er nicht den kleinsten Übermut.

Nach kurzer Zeit machte sie sich Gewissensbisse. Wenn der Großpapa nicht schlief, kam er in einer Stunde voll Grimm zurück, und alles wurde offenbar. Da er aber Müdigkeit verspürte, half ihre List vielleicht.

Der heimkehrende Gatte erfuhr nichts von Herrn Wallners Besuch. Er meinte allerdings, Pucki zeige heute ein gar pfiffiges Gesicht.

„Ich habe viel an unser Auto gedacht“, war die Antwort auf seine Frage.

Nachmittags pochte ihr das Herz bedenklich. Wenn ein neuer Patient kam, schaute sie stets vorsichtig durch die Tür, ob es vielleicht Herr Wallner sei. Doch der Tag ging zu Ende, ohne daß er sich zeigte.

Am nächsten Vormittag, kurz vor Schluß der Sprechstunde, war er wieder da. Seine Laune war geradezu glänzend.

„Das hier ist Konfekt für Ihre Frau, die mehr von der Heilkunst versteht als Sie, bester Herr Doktor. – Und nun geben Sie mir noch sechs Schlafpulver von der Sorte, die ich gestern bekommen habe. Ich habe prachtvoll geschlafen. Ich kann mich nicht erinnern, jemals so gut geschlafen zu haben. Warten Sie nur, die besten Mittel behalten Sie für sich! – Ich will doch gesund werden.“

„Was für ein Mittel?“ fragte Claus ein wenig unruhig.

„Nun, das Schlafpulver, das mir gestern Ihre Frau gab.“

„Ein Schlafpulver? Wann haben Sie das Pulver bekommen?"

„Hihi", lachte Wallner, „es ärgert Sie wohl, daß mir Ihre Frau das gute Mittel herausgegeben hat? Wenn Sie es mir verweigern, komme ich wieder, sobald Sie fort sind. – So, Herr Doktor, und nun machen Sie keine langen Geschichten, geben Sie mir das Mittel."

Claus überlegte. Konnte Pucki so unvorsichtig und ungehorsam gewesen sein, seine Medikamente zu verabreichen? Er hatte es ihr doch streng untersagt. Sie konnte dadurch einen ungeheuren Schaden anrichten. Doch nein, der Schrank war fest verschlossen, sie hatte ja keinen Zugriff zu den Medikamenten.

„Zunächst will ich meiner Frau das Konfekt bringen", sagte er.

„Und bringen Sie sogleich die Schlafpulver mit, die Sie in einem anderen Raume verwahren."

„Bitte, Herr Wallner, gedulden Sie sich einige Augenblicke."

Er ging zu Pucki ins Wohnzimmer, die im Erker mit einer Handarbeit saß. Sein ernstes Gesicht ließ in Pucki eine leichte Unruhe aufsteigen.

„Was hast du gestern Herrn Wallner für ein Schlafpulver gegeben?"

Schuldbewußt senkte sie den blonden Kopf.

„Gib rasch Antwort, Pucki, Herr Wallner wartet drüben im Zimmer. Ich kann ihm nicht eher antworten, als bis ich weiß, was du ihm gegeben hast."

„Claus, er war so ärgerlich und aufgeregt – ich wußte mir nicht anders zu helfen. Du sagtest doch, ich solle nervöse Menschen nicht unnötig reizen." Dann erzählte sie ihrem Mann von dem sonderbaren Pulver, das sie bereitet hatte.

„Wir reden später weiter darüber", sagte Claus, verließ rasch das Zimmer und ging zurück zu Herrn Wallner, der ihm erwartungsvoll entgegensah. „Ich freue mich, daß Sie heute so wohl aussehen", begann er ruhig. „Ich bin überzeugt, daß Sie auch heute wieder gut schlafen werden. Aber das Pulver möchte ich Ihnen nicht mehr geben. Halten wir uns weiter streng an die Vorschriften. Sie werden heute genau so gut schlafen wie gestern. Sie müssen allerdings heute noch einen größeren Spaziergang unternehmen."

Zunächst bestand der alte Herr eigenwillig darauf, die Pulver zu bekommen. Schließlich gelang es aber dem Arzt, ihn zu bewegen, vorläufig auf das Mittel zu verzichten.

„Wenn ich heute nacht nicht gut schlafe, verlange ich morgen das Pulver."

Dann war er gegangen.

Claus kehrte zu seiner Frau zurück, die ihm schuldbewußt entgegenblickte.

„Claus, ich kann mir denken, was du jetzt sagen wirst. Aber hättest du den Großpapa gesehen, du hättest dich auch vor seinen rollenden Augen gefürchtet. Ich wußte mir wirklich nicht anders zu helfen. Ich habe es nur gut gemeint."

Sie ließ seine wohlwollenden Ermahnungen ruhig über sich ergehen. Sie wußte ja nicht, daß Claus innerlich über seine kleine Frau lachte. Das Pulver hatte in diesem Falle tatsächlich gewirkt, weil eben die Einbildung Wallners hinzukam. Außerdem hatte Claus den Beweis dafür, daß sich der Großpapa, trotz der letzten Szene, auf dem Wege der Besserung befand.

„Pucki, Pucki", sagte er vor sich hin, „ich glaube, du wirst noch mit weißem Haar der Puck bleiben, den ich trotzdem herzlich liebhabe."

Pucki macht Geschäfte

„Der neue Kehlkopfspiegel ist sehr teuer, Pucki."

„Wenn du ihn haben mußt, müssen wir ihn kaufen."

„Wir müssen eben von dem zurückgelegten Autogeld nehmen."

„Hm –, ich denke, es wird uns schon einmal ein Auto vom Himmel fallen. Ich habe so allerlei gute Gedanken und kenne die Wege, die zum Besitz eines Wagens führen."

„Daß du eine tüchtige Hausfrau bist, weiß ich. Nun wollen wir einmal sehen, ob du in finanziellen Dingen ebenso tüchtig bist, kleine Pucki. – Was sind das für Wege?"

„Claus, laß das mein Geheimnis sein."

„Wenn wir uns das Auto zu Weihnachten schenken wollen, müssen wir uns zunächst klar sein, was wir eigentlich wollen. Vor vier Wochen sind wir einmal nach der Provinzhauptstadt gefahren, um uns die verschiedensten Wagen anzusehen."

Pucki lief davon und brachte, als sie wieder das Zimmer betrat, unter jedem Arm ein ansehnliches Paket. „Autoprospekte", rief sie strahlend. „Ich habe die verschiedensten Wagentypen im Kopf. Es gilt nur noch, den letzten Entschluß zu fassen."

„Und der dürfte am kommenden Sonntag gefaßt werden, Pucki."

„Ja – unsere Eltern haben uns eingeladen, wir sollen mit ihnen am Sonntag zur Auto-Ausstellung fahren. Am Sonntag wird gekauft! Bis dahin wissen wir, was wir haben wollen."

„Das wissen wir eigentlich schon heute, Pucki, aber – –"

„Uns fehlt noch einiges Geld. Bis zum Sonntag ist das auch geschafft."

„Na, na, Pucki!"

„Meine Wege führen zu Geld!"

„Hu – das hast du wunderschön gesagt. Und wenn mir deine Wege gefallen, will ich sie in Zukunft auch wandeln. – Pucki, willst du etwa den Großpapa wegen des Honorars mahnen? – Du – denke an das Pulver!"

„Und an deinen Verweis, lieber Claus. O nein, ich will ganz anders zu Geld kommen! Damit du aber nicht wieder überrascht wirst, sollst du mit mir den Weg wandeln, der zum Besitz führt. Ich brauche ohnehin deine Erlaubnis dazu."

Claus lehnte sich in den Sessel zurück. „Marschieren wir also den Weg!"

„Hast du dich nicht gewundert, lieber Mann, daß ich bei meinem letzten Besuch in Birkenhain mein Fahrrad mitnahm und – die Puppenküche?"

„Der Mann, der eine Pucki zur Frau hat, muß sich das Wundern abgewöhnen."

„Claus – legst du noch großen Wert auf das Kasperletheater, mit dem du in der Jugend gespielt hast? Der Vater gab es uns mit. Nun steht es wohlverwahrt auf dem Boden. Kann ich das Theater haben?"

„Freilich, was mein ist, ist auch dein."

„Herrlich! Also, bester Claus, ich werde mein Fahrrad, die Puppenküche und das Kasperletheater verkaufen. Jetzt, dicht vor Weihnachten, werden wir die Sachen schnell los werden und erzielen ein fabelhaftes Geld dafür, das wir dann in die Autokasse legen."

„Sehr schön gedacht! Ich glaube aber nicht, daß der Ertrag groß sein wird."

Pucki setzte ein pfiffiges Gesicht aus. „Du wirst ganz neue Talente an deiner Frau entdecken. Die Sachen werden für das Meistgebot verkauft. Ich habe ein gutes Mundwerk und erziele hohe Preise."

„Einverstanden!"

„Ich werde in der Rahnsburger Zeitung inserieren. Außerdem mußt du es allen Bekannten sagen. Wer das meiste bietet, bekommt das Fahrrad, die Puppenküche und das Theater."

Von nun an erzählte Pucki jedem von dem prächtigen Fahrrad, von dem herrlichen Theater und der schönen Puppenküche. Jeder, der in die Sprechstunde kam, wurde darauf aufmerksam gemacht. Claus hatte nicht erlaubt, daß das Kasperletheater im Wartezimmer ausgestellt würde, wie es Pucki am liebsten gesehen hätte. Aber im Wohnzimmer war es aufgestellt, daneben die blitzblank geputzte Küche. Im Hausflur stand das Fahrrad.

Selbstverständlich hatte Pucki nicht versäumt, den Schwestern Waltraut und Agnes zu erzählen, was sie bezwecke.

„Wir brauchen Geld für unser Auto", sagte sie, „nun muß ich jede Gelegenheit wahrnehmen, um die Autokasse zu füllen."

„Ich könnte dir auch etwas zu verdienen geben", flüsterte Agnes der Schwester zu.

„Wird gemacht, Agnes! Für unser Auto tue ich alles!"

„Ich bringe dir morgen die angefangenen Socken mit, die ich dem Vater zu Weihnachten schenken soll. Stricken ist etwas Fürchterliches! Ich werde nicht fertig damit, und du kannst dir einige Pfennige verdienen."

„Schämst du dich nicht", brauste Pucki auf, „für solche dummen Geschäfte bin ich nicht zu haben. Den guten Vater willst du betrügen und in Rahnsburg herumbummeln, anstatt zu stricken! – Komm mir nicht noch einmal mit solchen Geschäften."

Agnes ging betreten ab. Eine halbe Stunde später kam auch Waltraut mit einem Anliegen. „Pucki, du könntest meiner Klasse einen großen Gefallen tun. Dein Mann kann doch viel in Mathematik. Wir sollen eine Arbeit schreiben, aber wir sind alle sehr schwach. Ich werde dir die Aufgabe bringen. Sag doch, bitte, Claus, daß er uns hilft."

„Das wird ja immer besser! Ich habe Agnes heute schon gesagt, daß ich eure Faulheit nicht unterstütze. Claus würde dir heimleuchten, wenn er das hörte!"

„Du hättest mir diesen Dienst wirklich leisten können. Luise Schäfer wollte auch dein Fahrrad kaufen."

„Dann soll sie nur kommen."

„Wenn du die Mathematikaufgabe nicht für uns machen läßt –"

„Ach was, sage ihr, das Fahrrad sei prächtig. Sie bekommt nirgends so billig ein so schönes Rad."

„Was soll es kosten?"

„Der Fahrradhändler will mir zwanzig Mark dafür geben. Er macht natürlich ein gutes Geschäft damit. Für dreißig Mark will ich es ihr verkaufen."

Am Nachmittag kam tatsächlich Luise Schäfer, um das Fahrrad zu besehen.

„Dreißig Mark ist sehr teuer, Frau Doktor, für vierzig Mark bekomme ich schon ein neues. Fünfundzwanzig Mark will ich geben."

„Nein, ich verkaufe es dafür nicht. Der Händler bietet mir schon zwanzig."

„Vielleicht überlegen Sie es sich noch. Ich komme morgen noch einmal wieder."

Am Nachmittag kam die Waschfrau, um den nächsten Waschtag zu verabreden. Frau Nordmann war eine Witwe, die sich mit fünf Kindern tapfer durchs Leben schlug. Pucki bewunderte oft die unermüdlich tätige Frau, die nie klagte, die von früh bis spät tätig war, keine Arbeit scheute und sich mit wenigem begnügte.

„Vielleicht wissen Sie jemanden, Frau Nordmann, der ein Fahrrad kaufen möchte oder ein Kasperletheater. Mir stehen die Sachen zwecklos herum. Jetzt, um die Weihnachtszeit, würde ich die Sachen sicherlich gut los."

„Ein Fahrrad – –?"

„Sehr gut erhalten, sehr geschont. Es sieht fast wie neu aus."

„Was soll es kosten?"

„Haben Sie einen Käufer? Der Händler bietet zwanzig Mark. Vielleicht bekomme ich dreißig oder gar fünfunddreißig Mark dafür."

Pucki sah den Schatten, der über das Gesicht der Frau lief. „Ist das zu teuer?" fragte sie.

„Nein, nein! – Es wird schon jemand kommen, der das bezahlen kann."

„Wissen Sie jemanden?"

„Nein, nein, Frau Gregor. – Vielleicht finde ich später mal ein ganz billiges Rad."

„Brauchen Sie ein Fahrrad?"

„Meine Älteste, die Minna, könnte eine Tagesstellung in Kolkow annehmen. Leider ist die Zugverbindung recht schlecht, und zu Fuß kann sie es nicht machen. Sie wissen ja, sie hat es mit dem Herzen."

„Was könnten Sie denn für das Fahrrad anlegen?"

„Nein, Frau Gregor, ich habe nur zehn Mark liegen. Ich könnte es vielleicht durch Waschen langsam abarbeiten. Wenn Sie jedoch schon einen anderen Käufer haben – –"

Frau Nordmann brach das Gespräch ab, sprach wieder von der Wäsche, und auch Pucki erwähnte das Fahrrad nicht mehr.

Gegen Abend kam der Inhaber eines Spielwarengeschäftes von Rahnsburg und bot Pucki für das schöne große Theater zwanzig Mark.

„Dreißig", sagte die junge Frau.

„Wo denken Sie hin, Frau Doktor. Ich muß auch etwas daran verdienen. Ich arbeite es auf und kann es dann als fast neu verkaufen. – Na, zwanzig Mark? – Gemacht?"

„Ich will es mir überlegen."

Beim Abendessen fragte Claus, ob sie bereits glänzende Geschäfte gemacht hätte.

„Nun", erwiderte sie, „siebzig bis achtzig Mark kann ich bestimmt zusteuern."

„Pucki, du bist ein Finanzgenie!"

„Ja, ja, du kannst auf deine Frau stolz sein, Claus! Ich verstehe Preise zu nehmen."

Am nächsten Vormittag fand sich eine Schwester des Kinderkrankenhauses aus der Kreisstadt ein. Sie hätte gehört, daß Frau Gregor ein schönes Kasperletheater zu verkaufen hätte. Solch ein Theater wollte man längst anschaffen, um den kranken Kindern damit Freude zu machen.

„Ihnen gebe ich es ganz besonders gern", sagte Pucki erfreut. „Für dreißig bis fünfunddreißig Mark können Sie es haben."

Pucki sah das bestürzte Gesicht der Schwester und wurde ein wenig verlegen. „Zu teuer?" fragte sie schüchtern.

„Freilich, viel zu teuer, das können wir nicht bezahlen."

„Nun, die Leitung eines Krankenhauses wird doch – –"

„Es ist nicht die Leitung, von der ich geschickt werde. Einige von uns Schwestern haben sich zusammengetan, weil wir gern die Kinder aufheitern wollen. Schwester Martha und Schwester Paula haben von ihrem Gehalt noch Angehörige zu unterstützen und können daher nur ein Geringes beitragen. Wir hofften so ein Theater für zehn Mark bekommen zu können."

„Der hiesige Kaufmann" – Pucki stotterte – „bietet – Ich dachte mir – ich will es mir überlegen."

„Sie würden ein gutes Werk tun, Frau Doktor. Viele helle Kinderaugen würde es geben. Kann ich das Theater einmal sehen?"

Pucki führte die Schwester ins Wohnzimmer.

„Wie reizend! Damit könnten wir ganze Vorstellungen geben. – Nun, Frau Doktor, wie ist es? Sie als die Frau eines Arztes werden verstehen, daß uns viel daran liegt, unseren Kindern, die so viele Schmerzen auszuhalten haben, Freude zu schaffen."

„Zehn Mark?"

„Ja, mehr können wir nicht aufbringen. – Ich will noch einmal mit den Schwestern sprechen. Vielleicht erklären sie sich bereit, etwas mehr zusammenzubringen."

Puckis Gesicht färbte sich dunkelrot. Die Worte der Schwester stachen ihr geradezu ins Herz. Sie, die Frau eines Arztes, der eine gute Praxis hatte, wollte Krankenschwestern, die in schwerer Arbeit ihr Brot verdienten, zu neuen Opfern veranlassen. Sie schämte sich plötzlich so sehr, daß sie die Augen nicht mehr aufschlagen konnte.

„Ich werde mit den Schwestern reden."

„Nein", preßte Pucki mühsam hervor, „ich will nicht. – Schenken Sie das Theater den kranken Kindern zu Weihnachten. Ich gebe es umsonst an das Krankenhaus. Bitte, nehmen Sie es sogleich mit, oder – ich lasse es hinschicken. Freilich, ich schicke es! Es findet sich schon eine Gelegenheit. Sie haben gar nichts dafür zu bezahlen. In zwei bis drei Tagen ist es in Ihrem Besitz."

Nicht einmal den Dank wollte Pucki entgegennehmen, denn sie schämte sich noch immer, daß sie mit kranken Kindern ein Geschäft machen wollte. Wie jämmerlich stand sie vor der Schwester da, die gern und freudig einen Teil ihres Verdienstes hergab, um Kranken eine Freude zu bereiten.

„Wir laden Sie zur ersten Vorstellung ein, liebe Frau Doktor."

Die Schwester war gegangen. Pucki empfand eine innere Erleichterung. Wie würden sich die Kinder freuen! Das Puppentheater machte ihnen ganz gewiß viel Spaß. Sie sah in Gedanken die vielen leuchtenden Augen und hörte das Lachen und Jubeln der Kinderstimmen, wenn Kasperle gar zu übermütig war. Sie dachte zurück an die eigene Kinderzeit. Die Kasperle-Vorstellungen in Rahnsburg waren ihr bis heute noch unvergessen geblieben. – Wie konnte sie nur einen einzigen Augenblick den Gedanken fassen, das Kasperle-Theater einem Krankenhause zu verkaufen!

„Pucki, pfui, schäme dich! Du bist ein recht eigennütziger Mensch!"

Auf einen Zettel schrieb sie das Wort „Verkauft". Mit einem Reißnagel wurde er an das Theater befestigt.

Während sie in der Küche stand, fiel ihr plötzlich wieder das Auto ein. Claus würde sie fragen, ob schon etwas verkauft sei. Wenn er das Wohnzimmer betrat, sah er den Zettel. Sie hatte sich ihm gegenüber als

Finanzgenie bezeichnet und gesagt, er könne stolz auf ihre Verkaufstalente sein.

„Ich muß das Fahrrad zu einem noch höheren Preis verkaufen. Sechzig bis siebzig Mark wollte ich zusteuern. – Sechzig Mark zahlt mir keiner für das Fahrrad, und die Puppenküche bringt höchstens fünf Mark. Ob mich Claus auslacht?“

Als Claus mittags nach Hause kam, sah er sofort den Zettel.

„Nun, ist das Geschäft sehr gut gewesen?“

„Ich warte noch auf den Verkauf des Rades“, wich Pucki aus.

Er schaute sie mit forschendem Blick an. „Wieviel Scheine sind es geworden, Pucki? Ich bin entsetzlich neugierig. Wenn du wirklich ein so vortrefflicher Verkäufer bist, wie es scheint, wird es vielleicht eine Limousine.“

„Es ist wohl besser, ich nenne dir erst die Summe für alle drei Sachen. Denn wegen des Rades stehe ich noch in Verhandlungen. Es sind mehrere Bewerber gekommen.“

„Herrlich! – Ich hätte nicht gedacht, daß man solche Summe daraus erzielen kann. Wenn wir übermorgen mit den Eltern zur Ausstellung fahren, nehmen wir deinen Erlös in einem besonderen Beutel mit“, scherzte er.

Am Nachmittag kam Luise Schäfer noch einmal. „Verkaufen Sie mir das Rad ganz schnell, Frau Doktor. Heute hat Marion Werner gesagt, sie wollte sich das Rad auch einmal ansehen, und Marion hat mehr Geld als ich. Ihr kommt es auf zehn Mark nicht an.“

„So werde ich Marions Besuch erst abwarten.“

„Sie verstehen das Geschäft ausgezeichnet. Sie hätten mir das Rad wirklich verkaufen können, denn fünfundzwanzig Mark ist sehr viel Geld.“

„Geschäft ist Geschäft, liebe Luise. Ich kann es nicht billiger verkaufen, mein Mann will es nicht.“

Am Nachmittag stellte sich die Waschfrau ein, um in der Waschküche alles für den morgigen Waschtag vorzubereiten. Wie blaß und elend sie aussah. Wie sie das Wasser schleppte! Wie ihr die Tropfen über das Gesicht rannen! Und plötzlich bemerkte Pucki, daß sich Frau Nordmann Tränen aus den Augen wischte.

„Was ist denn los, liebe Frau Nordmann? Warum weinen Sie?“

„Ich war heute vormittag auf Arbeit. Trude war unvorsichtig mit dem Feuer. Sie hat sich nicht nur die Hand, sondern auch das Wollkleid verbrannt. In ihrem Schreck warf sie noch eine Decke auf die Flamme, um sie zu ersticken. Ich muß ja Gott danken, daß es nicht schlimmer ausging. Ach, es ist zu traurig! Ein Unglück kommt nach dem anderen.“

„War mein Mann schon bei Ihnen?“

„Nein, Frau Doktor, wir machen mit geriebenen Kartoffeln Umschläge. Minna versteht das.“

„Ich sage es meinem Manne, er wird noch heute kommen. Oder soll ich hingehen? Ich verstehe mich auch darauf.“

Obwohl Frau Nordmann abwehrte, beschloß Pucki doch, hinzugehen und nach dem Rechten zu sehen. Sie war bisher nur einmal ganz flüchtig in der Wohnung der Wäscherin gewesen. Heute wollte sie sich genauer darin umsehen.

Was sie sah, schnitt ihr ins Herz. Alles war sauber, aber sehr dürftig. Die Armut schaute aus allen Ecken heraus. Pucki sprach lange mit Minna und fragte sie, wie es mit der Stelle in Kolkow sei.

„Wenn ich ein Paar derbe Schuhe bekomme, kann ich die Stelle annehmen. Ich hoffe, daß mir zu Weihnachten welche geschenkt werden.“

„Sie können radfahren?“

„Ja, aber ich habe kein Rad.“

Dann beschäftigte sich Pucki mit den anderen Kindern. Sie spielten mit zwei alten Puppen, während Trudel im Bett lag und stöhnte. Pucki gab

Anweisungen für die Behandlung der verbrannten Hand. Dann machte sie sich langsam wieder auf den Heimweg. Ein Auto fuhr an ihr vorüber. Da huschten ihre Gedanken hin zu der Limousine, die Claus am Sonntag kaufen wollte, weil seine geschäftstüchtige Frau siebzig Mark zusteuern wollte. Sie sah Minna, die auf Schuhe wartete, und sah die Wäscherin, über deren abgehärmte Wangen die Tränen liefen.

Ganz leise schlich Pucki in die Wohnung, blieb auf der Diele stehen und strich fast zärtlich über das Fahrrad. „Das Kasperle-Theater wird vielen Kindern Freude machen. Liebes Rad – bist du nicht auch dazu geschaffen, um in ein Haus Glück zu bringen?“ Dann stand sie vor der Puppenküche und sah im Geist zwei Kinder auf der Erde sitzen und damit spielen. Sie schloß die Augen. Wieder war es ihr, als müsse sie sich ein wenig schämen. Sie hatte es so gut, sie konnte sich Freuden schaffen; ihr Leben floß in Sonne und Glück dahin. War es möglich, daß sie die vergaß, die kümmerlich neben ihr lebten? War es nicht ihre Pflicht, wenigstens den Menschen, mit denen sie in engere Berührung kam, nach Kräften zu helfen? Monatelang hatte das Fahrrad unbenutzt auf dem Boden im Elternhause gestanden. Und jetzt, da sie sich ein neues Vergnügen schaffen wollte, denn es sollte ein schönes Auto sein, wollte sie dieses Rad verkaufen, statt anderen damit zu helfen.

„Verkauft!“ so stand an dem Kasperle-Theater. Claus wollte wissen, wieviel sie dafür bekommen hätte. Ob Claus ihre Handlungsweise verstand, wenn sie ihm sagte, daß sie nichts, gar nichts an Geldeswert erzielt hatte, daß sie aber ein paar Menschen glücklich gemacht hätte? O ja, Claus würde das verstehen! Er hatte ihr doch schon als Kind ins Album geschrieben: „Beglücke du, so wirst du glücklich sein.“

Noch saß der Hut auf Puckis Locken, noch war der Mantel nicht ausgezogen. Sie rief in die Küche: „Emilie, ich bin sogleich wieder zurück.“ Die Puppenküche wurde in einen großen Bogen Papier eingeschlagen. Die junge Frau nahm das Rad, schwang sich darauf und fuhr den Weg zurück, den sie eben gegangen war.

Auch bei Nordmanns wollte sie keinen Dank. Die Kleinen, vor die sie die Puppenküche hinstellte, waren viel zu überrascht, um Dankesworte zu sagen. Und Minna? – Sie wollte es nicht glauben, daß Pucki ihr das Rad schenken wollte.

Dann stand die junge Frau wieder in ihrer Wohnung. Sie lachte und lachte vor Glück, denn in ihrem Herzen war großer Jubel. Seit langem war sie nicht so froh gewesen wie jetzt. Schließlich lief sie hinunter zur Waschfrau, um ihr mitzuteilen, daß sie das Fahrrad Minna geschenkt hätte, um ihr damit eine Weihnachtsfreude zu bereiten, und daß sie sich damit selbst ein schönes Weihnachtsgeschenk gemacht hätte.

Abends stellte sich Claus ein. Er merkte sofort, daß das Rad im Flur fehlte. Er ging ins Wohnzimmer; auch die Puppenküche war fort.

„Alles ausverkauft! – Großer Ausverkauf! – Pucki, jetzt laß mich wissen, wie groß deine Künste im Verkaufen sind. – Warte noch einen Augenblick, ich hole den Beutel."

Mit einer schwarzen Ledertasche kam er zurück, die er vor Pucki auseinanderspreizte.

Die junge Frau schaute stumm zu Boden. Dann hob sie die Blauaugen zu dem Gatten auf. In ihren Augen stand ein heller Schein.

„Sechzig Mark? – Siebzig Mark? – – Noch nicht genug? – Pucki, vielleicht sogar achtzig?"

„Claus, mein lieber, guter Mann, vielleicht kaufen wir doch nur ein Kleinauto mit einem Notsitz. Es hängen so schöne Kindheitserinnerungen daran."

Ein Weilchen betrachtete er sein junges Weib schweigend. Er kannte seine Pucki viel zu gut, um nicht sofort zu wissen, daß das Geschäft nicht glänzend ausgefallen war. Aber er neckte sie so gern.

„Das Auto kommt später. Pucki, jetzt will ich erst wissen, ob ich wirklich stolz auf meine liebe Frau sein darf. – Sprich, was hast du erzielt?"

„Claus, du hast mir einst einen Vers ins Stammbuch geschrieben. Er lautete: ›Beglücke du, dann wirst du glücklich sein.‹“

Er legte den Arm um sie. „Und nun bist du sehr, sehr glücklich, Pucki? Hast dir heute ein besonderes Glück geschaffen? – Pucki, ich habe Schwester Laura vom Kreiskrankenhaus gesprochen.“

„Na“, sagte Pucki schnippisch, „dann weißt du ja schon, was es für ein Geschäft war.“

„Und wer bekam das Fahrrad geschenkt?“

Sie zwinkerte mit den Augen. „Geschenkt?“ fragte sie unsicher zurück.

„Nein, nein, teuer bezahlt! – Aber vielleicht hast du die Puppenküche mit dazugegeben. Frau Nordmann hat mir vorhin so etwas erzählt.“

Pucki drückte das Gesicht an die Schulter des Gatten. „Bist du mir böse, Claus?“

„Pucki, liebe, prächtige Frau! Jetzt erst weiß ich, daß ich wirklich stolz auf dich sein kann. Die Verkäufe, die du gestern und heute machtest, sind deiner wert!“

„Und das Auto?“

„Warte alles ruhig ab. Am Sonntag werden wir wissen, ob und was wir kaufen.“

Auto 31477

Von Zeit zu Zeit zwickte Pucki den Schwiegervater, der neben ihr im Wagen saß, in den Arm. Man fuhr zur Automobil-Ausstellung, um einen Wagen zu kaufen. Heute saß sie noch im Auto des Schwiegervaters, heute steuerte Claus ein Fahrzeug, das ihm nicht gehörte. Aber schon in wenigen Tagen – –

„Haben wir's!“ Pucki schrie es förmlich heraus.

„Mädel, du kannst einem ordentlich 'nen Schreck einjagen!“

„Ach, ich bin so glücklich! Immer wieder kommt neues Glück zu mir, ich könnte fast fürchten, daß der Glückstopf des Lebens bald überläuft. Du schenkst uns die größte Hälfte des Autos! Vater, Goldschwiegervater – Pappilein – –!“

„Genug, übergenug! Wir sind gleich an Ort und Stelle.“

Eine halbe Stunde später schritt Pucki zwischen den beiden Herren durch die Halle. Sie hastete an den großen Wagen vorüber, auch die Lastautos interessierten sie nicht. Die kleinen Viersitzer wollte sie sehen, blaue Viersitzer mit zwei Türen, abgeschrägtem Dach, hinten einen Behälter für den Koffer, denn man wollte in diesem Auto nicht nur Krankenbesuche machen, sondern auch die weite Welt sehen.

Bald schwirrte ihr der Kopf. Immer unglücklicher wurde ihr Gesicht. Niemals würde sie zu einem Entschluß kommen, denn ein Wagen war schöner als der andere.

Manchmal erschreckte sie der Preis. Und wenn trotzdem der Oberförster den Wagen eingehender besichtigte, zupfte sie ihren Mann am Ärmel:

„Claus, das können wir nicht bezahlen.“

„Warum nicht? Du willst doch zusteuern. Hast du den Beutel mitgebracht mit dem Geld für Theater und Fahrrad, kleiner Finanzminister?“

Da ging Pucki davon und betrachtete einen anderen Wagen. Sehr bald stand der Schwiegervater wieder an ihrer Seite.

„Gerade weil du so gut verkaufen kannst, mein liebes Töchterchen, gerade darum kauft dir der alte Oberförster einen schönen Wagen. Deine Eltern steuern auch etwas bei, und ihr habt ebenfalls Ersparnisse gemacht.“

„Ich habe einen guten Gedanken, Vater. Claus könnte sein Motorrad verkaufen. Dafür bekommt er viel Geld. Wenn wir erst das Auto haben, braucht er das Rad nicht mehr.“

Übereifrig eilte sie zu dem Gatten, um auch ihm den Vorschlag zu machen. „Es würde uns nicht so schwer, uns für ein besseres Auto zu entscheiden. – Meinst du nicht auch? – Wollen wir eine Anzeige einsetzen lassen?“

„Ich beschwöre dich, Pucki, halte auf mit deinen Verkäufen! Wenn ich mein Motorrad verkaufen will, tue ich es allein.“

Sie seufzte leise und sagte nichts mehr. Wieder betrachtete sie aufmerksam einen Wagen. Und als einer der Vertreter zu ihr kam, lief sie zurück zu Claus.

Der stand schon längere Zeit mit seinem Vater vor einem grauen Wagen. Sie winkten einen der Herren heran, dann wurde verhandelt.

„Grau –“ sagte Pucki. „Ich träumte von einem blauen Wagen. Blau ist doch so schön. Oder grün? Grün ist die Hoffnung.“

„Grau, teurer Freund, ist alle Theorie“, lachte der Oberförster. Man ging noch weiter, betrachtete noch manchen Wagen, doch immer wieder zog es Claus zu dem grauen Wagen.

„Wenn ich euch nun die Hälfte dieses grauen Wagens schenkte, Pucki, nimmst du ihn oder nimmst du ihn nicht?“

Das Herz schlug der jungen Frau so stürmisch in der Brust, daß sie kaum sprechen konnte. Endlich sagte sie: „Grau ist auch sehr schön, auf einem grauen Wagen sieht man den Staub der Landstraße nicht so sehr, und wir werden, wenn wir mal eine weite Reise machen, nicht Zeit zum Putzen haben. Lieber Vater, schenkst du der kleinen Pucki, die deinen Sohn so gut behütet, diesen grauen Wagen?“

„Den ganzen Wagen?“

„Nein, ich bin auch mit der Hälfte zufrieden. Du schenkst mir meine Hälfte, und Claus muß zusehen, wie er die andere Hälfte zusammenbekommt.“

Eine Stunde später war Puckis Wunschtraum wirklich in Erfüllung gegangen. Sie war Besitzerin des grauen Wagens. Vergeblich wurde sie von Claus aufgefordert, im Restaurant etwas zu essen. Sie trank nur ein Glas Bier. Essen konnte sie nichts.

„Dir sitzt anscheinend das graue Auto in der Kehle“, lachte Oberförster Gregor.

„Ach, ich könnte euch abwechselnd vor Freude erdrücken. Niemals hätte ich gedacht, daß wir einmal einen eigenen Wagen haben werden. – Claus, ich lerne auch fahren. Dann sitzen wir abwechselnd am Steuer und fahren durch die Welt.“

„Ich denke, der Wagen soll in der Hauptsache für Krankenbesuche sein?“

„Natürlich – aber auch für eine Reise.“

Der große Stall, der sich auf dem Hofe des Rahnsburger Grundstücks befand, war inzwischen vorschriftsmäßig ausgebaut worden. Er sollte von nun an das Auto aufnehmen. Pucki hatte die Garage mit Tannengrün geschmückt, als der Wagen, kurz nach Weihnachten, zum ersten Male dort hineinfuhr. Immer wieder mußte Claus seine junge Frau aus der Garage holen.

„Ich kann mich nicht sattsehen, lieber Claus.“

„Aber ich möchte mich sattessen, kleine Frau, es ist gleich Mittag. Außerdem wirst du dich erkälten. Oder soll ich einen Ofen aufstellen lassen, damit du deine Freistunden im Betrachten des Wagens verbringen kannst?“

„Claus, du verstehst mich doch sonst so gut. Kannst du nicht begreifen, daß ich mir den herrlichen Wagen immer wieder ansehen muß?“

„Gewiß, Pucki, und morgen, Sonntag, machen wir eine Ausfahrt. Die erste im eigenen Wagen.“

Das war nun schon wieder ein Freudentag! Das Auto hatte seine Nummer bekommen. Wohl schon zum zwanzigsten Male murmelte

Pucki: „31477". Sie hielt dem Gatten einen Vortrag darüber, daß diese Nummer eine Glücksnummer sei. Die Sieben sei eine heilige Zahl, die Drei habe von jeher Glück bedeutet, und die Eins wäre schon bei den alten Römern geschätzt worden. Es sei also wieder ein Beweis, daß man durch diesen Wagen weiterhin Glück und Freuden haben würde.

Vom Fahren verstand die junge Frau nichts. Sie hatte keine Ahnung, wozu die verschiedenen Hebel waren. Sie setzte sich neben den Gatten und bestürmte ihn mit Fragen.

„Du wirst auch Fahren lernen, kleine Frau. Es ist gut, wenn auch du den Wagen steuern kannst. Sieh her, dieser kleine Schlüssel ist die Seele des Wagens. Ohne ihn läuft das graue Pferd nicht."

Pucki wollte näher an den Gatten heranrücken. Sie bat darum, nur für Sekunden das Steuerrad halten zu dürfen. Claus lehnte aber ab.

„Durch den geringsten Vorwitz ist schon manches Unglück geschehen."

„Wodurch kommen die meisten Unglücksfälle?"

„Dadurch, daß die Fahrer Ruhe und Geistesgegenwart verlieren."

„Ich weiß, einer wollte einmal bremsen und gab statt dessen Gas. Da ist das Auto wie wahnsinnig losgesaust. Das erzählte mir Carmen einmal. Wenn man aus Versehen den falschen Fuß nimmt – ich glaube so war es – kann Schlimmes geschehen. Du mußt mir alles genau erklären, Claus."

„Gewiß, Pucki."

Bei der ersten Ausfahrt kam es nicht dazu. Es gab zu viele schöne Weihnachtserinnerungen, außerdem hatte Pucki Freude an der herrlichen Winterlandschaft. Sie wollte den Gatten von nun an häufig auf seinen Besuchen über Land begleiten. Dann lernte sie das Fahren spielend, und wenn sie vom ersten April ab eine Fahrschule besuchte, war sie bereits vorgebildet und würde bald die Prüfung machen können. Dann ging es hinaus in die weite Welt.

Hausfrauenpflichten aller Art durchkreuzten Puckis Pläne oftmals. Obwohl sie gar zu gern Claus auf den Fahrten begleitet hätte, war sie viel zu gewissenhaft, um ihr eigentliches Arbeitsgebiet zu vernachlässigen. Mit schwerem Herzen ließ sie den Gatten dann allein fahren. Aber wenn sie wirklich einmal eine freie Stunde hatte, wenn das Auto in der Garage stand, schlich sie oft hinein und betrachtete den schönen Wagen mit zärtlichen Blicken. Voller Stolz wurden alle Besuche in die Garage geführt. Besonders die beiden Schwestern, Waltraut und Agnes, konnten ein leises Neidgefühl nicht unterdrücken.

„Fahre uns doch mal ein Stück spazieren“, sagte Agnes. „Der Wagen braucht nicht hier zu stehen.“

„Ich kann noch nicht fahren.“

„Pah, wenn es weiter nichts ist! Du hast eben keinen Mut, Pucki. So ein bißchen steuern kann doch jeder. Das guckt man sich rasch ab.“

„Laß den Wagen hübsch in Ruhe“, sagte Waltraut. „Es wäre schade, wenn er in Klump gefahren würde.“

„Die wichtigsten Handgriffe kenne ich schon“, sagte Pucki. „Claus muß uns in den nächsten Tagen mal spazierenfahren.“

Kaum hatte die Schule wieder begonnen, da drängte Agnes erneut, mit dem Auto auszufahren. „Wenn du das Fahren schon gelernt hättest, Pucki, könntest du uns bei schlechtem Wetter nach Birkenhain fahren. Lieber Himmel, das ist doch nicht schwierig, 'ne gerade Straße durch den Wald, fünf Minuten Fahrt! – Pah, ich hätte das längst schon versucht.“

„Ich habe den Schlüssel zum Wagen nicht, und ohne diesen Schlüssel läuft das Pferd nicht.“

„Nun, so fragst du Claus, wo der Schlüssel ist.“

Die Worte der jüngsten Schwester fraßen Pucki ans Herz. Eigentlich hatte Agnes recht. Die wichtigsten Handgriffe hätte sie längst wissen müssen. Oh, sie wußte schon einiges. Nur schwirrte das in ihrem Kopf ungeordnet durcheinander. Schlüssel einstecken, so daß das rote Licht brennt. Die Kuppelung niedertreten und den ersten Gang einschalten. Das andere war ihr nicht klar. Vom Gasgeben sprach Claus, vom Schalten des zweiten und dritten Ganges und anderes. Gar zu gern hätte sie alles einmal allein versucht. Wenn Claus erst merkte, daß sie alles genau verstanden hatte, konnte er ihr einmal erlauben, ein Stück auf gerader Landstraße zu fahren.

Da war es eines Nachmittags, daß Claus über Land fahren mußte. Da man am Forsthaus Birkenhain vorüberkam, hielt Claus an und fragte, ob beide Schwestern mitfahren wollten. Waltraut und Agnes stimmten begeistert zu. Zunächst entstand ein Streit darüber, wer neben Claus sitzen sollte. Pucki wollte diesen Platz nicht räumen.

„Ich klemme mich dazwischen“, sagte Agnes.

„Ausgeschlossen“, erwiderte Claus. „Entweder du sitzt neben Waltraut, oder du bleibst zu Hause.“

„Sei vernünftig“, mahnte Pucki. „Wenn wir vorn zu eng sitzen, ist Claus mit der Steuerung des Wagens behindert. Außerdem stellst du deinen Fuß vorwitzig auf einen Knopf und – ein Unglück ist da.“

„Aber auf dem Rückweg sitze ich neben Claus.“

Man fuhr los. Pucki verfolgte jede Bewegung des Gatten. Sie fing sogar an, ihm anzusagen, was er zu tun hätte.

„Hast du den Startknopf schon gedrückt?“

„Woher kommt dir denn diese Wissenschaft, kleine Frau?“

Pucki lächelte verschmitzt. „Als gestern nachmittag der Reisende der Firma Walser bei uns war, habe ich mich neben ihn in den Wagen gesetzt und manches gelernt.“

„Kleine liebe Ungeduld, ich habe wirklich nichts dagegen, daß du fahren lernst, nur möchte ich nicht, daß es jetzt bei der kalten Jahreszeit geschieht. Sobald die Sonne wärmer scheint, sollst du es lernen.“

„Kuppelung austreten – langsam Gas geben. – Nun, Claus, was sagst du nun?“

„Ich staune.“

„Fahre doch recht schnell, hundert Kilometer mindestens", rief Agnes. „Wir wollen durch den Wald sausen." Und als ihr Claus den Gefallen nicht tat, sagte sie spöttisch: „Ach, bist du ein Angstmeier!"

Weitendorf war erreicht. Vor einem Gehöft hielt der Wagen.

„Lauft ein wenig durch den Wald, doch nicht zu weit. Ich bin in zehn Minuten wieder zurück. Dann fahren wir noch zu dem Hof dort hinten, zum Bauer Zigant. Und dann geht es wieder heim. Ich habe noch Krankenbesuche in Rahnsburg zu machen."

„Schade", sagte Waltraut, „ich würde gern noch etwas weiter gefahren sein. Wie weit sind wir von Rahnsburg entfernt?"

„Etwa achtzehn Kilometer."

„Das ist ja für die Katze", meinte Agnes. „An achtzehn Kilometern hättest du nicht so lange zu fahren brauchen, Claus, zumal wir eine ziemlich gerade Straße fuhren."

Weitendorf war ein kleines Dorf, das aus wenigen Höfen bestand. Sie lagen weit verstreut, mitunter nicht an der Straße, so daß man mit dem Auto nicht vorfahren konnte.

Doch gerade das erweckte in Agnes neue Hoffnungen. Claus konnte von dem Hause des Erkrankten aus nicht sehen, ob man ein wenig mit dem Wagen weiterfuhr. Das wollte sie gern einmal versuchen. Nur ein bescheidenes Stückchen. Aber einmal wollte sie auch am Steuer sitzen.

Claus war nicht mehr zu sehen. Da trat Agnes mit ihrem Wunsch hervor.

„Gelacht", sagte Pucki, „ein zwölfjähriges Mädel werde ich an unseren neuen Wagen lassen. Fällt mir gar nicht ein."

Agnes schmollte. Waltraut meinte, ein kleines Stückchen könnte Pucki doch auf der breiten Straße fahren.

Die Straße ist gut, Wagen kommen auch nicht und Kurven sind nicht da. Wir könnten doch mal ein Stückchen fahren. Es brannte Pucki förmlich in den Händen, einmal das Steuer zu ergreifen.

„Ich denke, du kannst nicht fahren“, sagte Waltraut.

„Oh, ein bißchen kann ich schon.“

„Dann mal los“, sagte Agnes. Sie setzte sich vorn neben die Schwester, die am Führersitz Platz genommen hatte. Waltraut mußte sich hinten mit einem Platz begnügen. Puckis Gesicht strahlte. Zärtlich glitten ihre Augen über die Hebel, über die ganze Maschinerie.

„Los doch“, drängte Agnes und faßte nach dem Schalthebel.

„Laß das Ding in Ruhe“, rief Pucki. „Erst muß ich auf den Startknopf drücken. – So, nun hört ihr den Motor schon brummen.“

„Fahre nicht zu rasch“, mahnte Waltraut, „sonst kommt eine Kurve. Du kannst noch nicht richtig lenken, und wir fahren in den Graben.“

„Claus wird Augen machen, wenn er kommt und wir warten beim Bauer Zigant auf ihn.“

„Nein“, sagte Pucki, „wir fahren nur ein Stück vorwärts, dann kommen wir wieder zurück. Ich weiß schon, wie man das macht.“

„Ich habe ein wenig Angst“, sagte Waltraut mahnend.

„Unsinn“, rief Agnes. „Nu fahre endlich los, Pucki!“

Nochmals legte die junge Frau den Finger nachdenklich an die Stirn. Jetzt galt es die Gedanken zusammenzunehmen, um dem Gatten zu zeigen, daß sie eine Ahnung vom Fahren hatte. Und leise wiederholte sie:

„Startknopf drücken – Handbremse losmachen, Kuppelung austreten, langsam Gas geben.“

„Na, mach doch, es geht ja immer noch nicht los.“

„Erst den Schalthebel einschalten – erster Gang.“

Der Motor brummte, aber stand. Pucki zog die Stirn kraus. „Graues Pferd, warum läufst du nicht? Ich habe es genau gemacht wie Claus. – Fangen wir noch einmal von vorne an.“ Sie nahm den Fuß von der Kuppelung.

Im nächsten Augenblick machte der Wagen einen Sprung und rasselte wohl zwei Meter vorwärts. Aus dem Munde der Schwestern kam ein Schrei. Agnes war mit dem Kopf gegen die vordere Autowand geschlagen, glücklicherweise nicht gegen die Glasscheibe. Aber auch Pucki wurde von heftigem Schreck erfaßt, zumal Waltraut rief:

„Pucki, anhalten, rasch anhalten!"

Agnes griff, Halt suchend, nach etwas. Der Wagen stand zwar wieder still, aber sie hatte den Ruck noch nicht überwunden und glaubte vielmehr, daß das graue Ungeheuer abermals einen Sprung machen würde. Hinzu kam das ständige Rufen Waltrauts, das Pucki vorn noch mehr erregte.

Und nun geschah das Schlimmste, was Agnes tun konnte. Sie lehnte sich unbewußt gegen den Schalthebel und drückte ihn nach vorn. – Noch einmal sprang der Wagen, diesmal aber nicht vorwärts, sondern nach rückwärts. Jetzt war es Waltrauts Kopf, der eine Beule bekam. Wieder stand der Wagen. – Pucki saß bis an die Lippen erblaßt am Steuer und umklammerte mit beiden Händen das Rad, als könne ihr von ihm allein Hilfe kommen.

Agnes hielt sich den Kopf, Waltraut weinte vor Angst. Hastig riß Pucki die Tür auf und stieg aus. Die beiden Schwestern taten ein gleiches. Mit mißtrauischen Blicken betrachtete Pucki das graue Auto, das unvorschriftsmäßige Sprünge gemacht hatte. – Warum nur? Sie hatte doch nichts versäumt, hatte alles getan, was Claus tat.

Der Wagen stand ein wenig schief. Aber er stand wenigstens still. Ob Claus merkte, daß etwas nicht in Ordnung war? Sorgsam schloß Pucki die Türen.

„Claus sagte uns, wir sollten in den Wald gehen. Wir gehen voran zu Zigant."

Die drei Schwestern faßten sich an den Händen, dann gingen sie schweigend weiter. Schließlich tobte Agnes los:

„Wenn du nicht fahren kannst, Pucki, so laß es sein. Ich habe bestimmt eine Beule.“

„Dir tut nur der Kopf weh“, beruhigte sie Pucki, „aber mir hat es einen Stich ins Herz gegeben. Heute sage ich Claus noch nichts, aber morgen will ich ihm alles beichten. Ich rühre bestimmt den Wagen nicht mehr an, ehe ich nicht fahren kann.“

Die drei Schwestern standen schon längere Zeit wartend vor dem Hofe des Bauern Zigant, als Doktor Gregor das Haus seines Patienten Helm verließ. Er sah seinen Wagen auf der Straße stehen; von den Insassen war nirgends etwas zu entdecken. Sofort bemerkte er, daß der Wagen schräg auf der Straße stand. Hatte Pucki seinem Befehl zuwider gehandelt und war doch ein wenig gefahren? Ganz gewiß. Das rote Licht brannte, auch der rechte Winker war sichtbar.

Er setzte sich ans Steuer. Natürlich, hier waren unnütze Hände am Werk gewesen. Claus gab Gas, versuchte den Wagen in Gang zu bringen, es ging nicht. Die beiden Sprünge hatten genügt, irgend etwas an dem neuen Wagen in Unordnung zu bringen. Der Wagen war durch Puckis Übermut zu Schaden gekommen.

Heftiger Ärger stieg in Claus empor. Zunächst versuchte er, den Schaden zu beheben. Es nützte nichts. Noch immer war von den drei Schwestern nichts zu sehen. Das schlechte Gewissen hielt sie fern.

Nach viertelstündiger Arbeit sah Doktor Gregor ein, daß seine Bemühungen vergeblich waren. – Das konnte gut werden! Schon war es dunkel geworden, er mußte noch bei Zigant einen Besuch machen und zurück nach Rahnsburg.

Als die drei Schwestern Claus zu Fuß zum Bauern Zigant gehen sahen, ahnten sie, daß der Wagen in Unordnung geraten war.

„Waltraut“, sagte Pucki, „geh zu Claus! Du hast die wenigste Schuld. Sage ihm, was geschehen ist.“

„Nein, Pucki, das tue ich nicht! Du hast am Steuer gesessen.“

Auch Agnes war nicht dazu zu bewegen, zu Claus zu gehen. Sie wußte, daß der Schwager mitunter eine sehr deutliche Sprache reden konnte.

„Ich weiß, daß er mächtigen Krach machen kann“, sagte Agnes, „aber ich war ja gar nicht schuld. Nur du, Pucki.“

„Ich habe dich gewarnt“, pflichtete Waltraut altklug bei.

Pucki sagte nichts. Noch hoffte sie, daß dem schönen neuen Auto nichts Schlimmes geschehen sei und daß Claus aus irgendeinem Grunde den Weg vom einen zum anderen Gehöft zu Fuß zurückgelegt hätte. Sie begriff sich selbst nicht. Sie war doch nicht mehr das dumme, übermütige Mädel von vierzehn Jahren, sie war seit Monaten eine verheiratete Frau, die Gattin eines Arztes, die sich vorgenommen hatte, dem Manne helfend zur Seite zu stehen. Am liebsten hätte sie über ihr törichtes Benehmen geweint. Aber das nützte ja auch nichts. – Ob Claus sehr erzürnt war?

Da sah sie, daß Claus das Gehöft verließ. Pucki hoffte, daß er nach ihr rufen würde. Nun ging er zurück nach dem Auto. Da es schon dunkel war, konnten ihm die drei Sandlerschen Schwestern in einiger Entfernung folgen. Nochmals bemühte sich Doktor Gregor um seinen Wagen. Er kroch schließlich darunter, schon das stach Pucki ins Herz. Näher und immer näher kamen die drei. Pucki machte sich durch lautes Räuspern bemerkbar. Claus warf nur einen flüchtigen Blick auf die jungen Sünder, hämmerte dann weiter an seinem Wagen und sagte endlich kurz:

„Da du im Getriebe etwas zerbrochen hast, werden wir nach Hause laufen müssen.“ Er schloß den Wagen ab. „Komm!“

„Claus – –“

Schweigend ging er neben seiner Frau und den Schwestern her. Pucki merkte sofort, daß er sehr erregt war. Sie waren wohl eine halbe Stunde gegangen, da bog Claus nach links ab.

„Claus – wir müssen geradeaus gehen.“

„Willst du die achtzehn Kilometer bis Rahnsburg laufen? Meine Patienten warten.“

„O weh, der ist böse“, flüsterte Agnes ihrer ältesten Schwester zu.

Wieder eine Viertelstunde Weg, dann waren sie in Rumburg vor dem Gasthof. Claus ging hinein und ließ die drei draußen warten. Endlich kam er wieder heraus. Er hatte einen Kastenwagen bekommen, der sie alle nach Rahnsburg bringen sollte. Der Gastwirt legte auf die Holzsitze zwei Decken.

„Es wird den Fräuleins nicht gefallen.“

Sie schwiegen. Niemand wagte eine Antwort zu geben, denn das Gesicht des Arztes zeigte noch immer großen Unmut. Er nahm vorne neben dem Kutscher Platz, die Schwestern schmiegten sich hinten eng aneinander und tuschelten leise.

„Was macht ihr nur, wenn jemand das Auto stiehlt?“ fragte Agnes.

„Das neue Auto und schon entzwei – –“

„Seid doch still“, schalt Pucki. Sie überlegte immer wieder, auf welche Weise sie ihren zürnenden Claus versöhnen könnte. – Ach, warum ließ sie sich verleiten, den Wagen zu fahren! – Wie fröhlich hätte man die Heimfahrt machen können, und wie traurig war sie jetzt.

Endlich war das Forsthaus Birkenhain erreicht. Claus half wohl den beiden Schwägerinnen beim Aussteigen, reichte ihnen auch die Hand, aber viele Worte wurden nicht gewechselt. Pucki hoffte, er würde nun zu ihr steigen, aber Claus setzte sich auch jetzt wieder vorne neben den Kutscher.

In Rahnsburg lohnte er den Mann ab. Es war eine ziemlich teure Fahrt. Schweigend ließ er seine junge Frau ins Haus eintreten, dann machte er sich fertig, um noch einen Krankenbesuch zu machen.

„Willst du nicht noch schnell etwas essen, Claus? Ich habe allerlei Gutes im Hause.“

„Danke.“

Wie kurz das klang. So hatte er noch nie zu ihr gesprochen.

„Darf ich dir ein Butterbrot mitgeben?“

„Danke."

Pucki sagte nichts mehr. Sie ließ das Abendessen auftragen, rührte jedoch nichts an. Einmal mochte sie nichts essen, dann aber wollte sie auf Claus warten. Und sollte es Mitternacht werden, sie würde so lange warten und ihn dann nochmals herzlich empfangen. – Ob sie etwas wegen des Autos veranlassen sollte? – Ach nein, das würde Claus selbst erledigen.

Vom Küchenfenster aus konnte sie die Garage sehen. Kein graues Auto stand darin. Noch keine vier Wochen war der Wagen in ihrem Besitz und schon entzwei.

„Ich bin – – ich bin – – wie die Niepelschen Jungen, als sie klein waren. Wenn sie zum Weihnachtsfest Spielzeug geschenkt bekamen, war es zu Neujahr kaputt. – Was wird der Vater sagen, wenn er es erfährt –?"

Eine Stunde banger Sorge verging. Noch eine zweite. – Es war fast elf Uhr, als Claus endlich zurückkam. Er wußte, daß Pucki ihn erwarten würde. Er hätte schon eher heimkommen können, aber er hatte erst noch einen längeren Spaziergang unternommen, um ein wenig ruhiger zu werden. Er ärgerte sich nicht so sehr darüber, daß der neue Wagen Reparaturen kostete, er ärgerte sich über seine Frau, über deren Unfolgsamkeit und kindisches Betragen. Mit zwanzig Jahren brauchte sie nicht mehr so unüberlegt zu sein. Er sah ihr gern mancherlei nach, freute sich an ihrer Frische, aber das heutige Verhalten ging zu weit. Trotzdem wollte er ihr keine harten Worte sagen, da er wußte, wie tief sie jeder Vorwurf von seiner Seite traf.

Pucki kam sogleich in den Flur geeilt und wollte ihm beim Ausziehen des Mantels helfen. Er wehrte ab.

„Der Tisch ist noch gedeckt, Clauschen. Ich brühe dir schnell noch etwas Tee auf, denn du wirst durchfroren sein."

Sie eilte in die Küche und freute sich, daß Claus tatsächlich im Eßzimmer am Tisch Platz nahm. Sehr rasch kam sie zurück, machte ihr freundlichstes Gesicht und schenkte ihm Tee ein.

„Erst jetzt kann ich essen. Du hast mir furchtbar leid getan, daß du noch einen Besuch machen mußtest. – Bist du sehr hungrig, Clauschen?“

„Was hast du eigentlich mit dem Auto gemacht?“

„Ich war unfolgsam, Claus, das gebe ich zu. Aber ich werde es nie wieder sein, wirklich nicht. Ehe ich nicht die Fahrprüfung gemacht habe, rühre ich den Wagen nicht an. Ich weiß, du bist ein wenig ärgerlich auf mich – aber nun ist doch alles wieder gut.“

„Nein, Hedwig, es ist nicht alles gut.“

Aus Puckis Wangen wich alle Farbe. Er nannte sie nicht Pucki, auch nicht Hedi, sondern kalt und kurz Hedwig. Das tat er sonst nie.

„Ich möchte wissen, was du mit dem Wagen angestellt hast? Ich habe dir untersagt, einen Fahrversuch zu machen, habe dir auch die Gefahren geschildert. Du hast gesehen, daß ich den Wagen nicht wieder in Gang bringen konnte. – Bitte, willst du dich nun nicht endlich äußern?“

Ihr war die Kehle wie zusammengedrückt. Wie streng seine Worte klangen! Sie konnte jetzt nicht sprechen.

„Ich erbitte eine Antwort!“ sagte Claus kurz und bestimmt.

Pucki faßte sich an den Hals. Das wurde ja immer schlimmer. Es würgte und preßte sie, sie sah nur noch die tiefe Falte auf der Stirn ihres Mannes, die immer drohender wurde.

„Claus“, stammelte sie, „sei mir nicht böse – –“

„Sei mir nicht böse, das ist furchtbar einfach!“ entgegnete er grollend. „Ich habe nicht geglaubt, daß du mit deinen zwanzig Jahren noch so unüberlegt, geradezu leichtsinnig handeln kannst. Kam es dir nicht zum Bewußtsein, daß du nicht nur dein, sondern auch das Leben deiner beiden Schwestern in Gefahr bringen mußtest? Besitzt du so wenig Verantwortungsgefühl? Außerdem hält man ein Geschenk in Ehren, Hedwig. Der Wagen muß repariert werden, alles durch deine Schuld. Und nun gute Nacht.“

„Claus – –“

„Laß, Hedwig, ich bin recht böse auf dich. Du sagtest mir oft, daß du mir treu zur Seite stehen wolltest. Wie kann ich mich auf dich verlassen, wenn du bei jeder Gelegenheit versagst?“

Pucki erhob sich wortlos. Mit abgewandtem Gesicht reichte sie dem Gatten die Hand. Er nahm sie.

„Gute Nacht.“

Sie ging ins Schlafzimmer. Da läutete der Fernsprecher. Pucki hörte die Stimme ihres Mannes, der sagte, daß er sofort käme.

Auch das noch! – Jetzt, mitten in der Nacht mußte er hinaus, und draußen begann es heftig zu schneien. Wohin ging er wohl? Fünf Minuten später hörte sie, wie er das alte Motorrad fertig machte. Aufschluchzend warf sie sich aufs Bett. Man rief ihn über Land. Jetzt, mitten in der Nacht, bei Schneetreiben, mußte der arme Mann über Land. – Dafür war das Auto gekauft worden, das aber stand unbrauchbar auf der Landstraße bei Weitendorf.

„Er wird wieder eine Lungenentzündung bekommen wie damals in meiner Brautzeit“, dachte Pucki, „alles durch meine Schuld! – Ach ja, ich bin leichtsinnig, Claus kann sich nicht mehr auf mich verlassen. Er sagte, ich hätte kein Verantwortungsgefühl. Ich versage – –. Ach, Claus, ich weiß, du hast recht, wenn du mich schiltst.“

Das Rattern des fortfahrenden Motorrades war ihr geradezu eine Qual. Vielleicht stieß ihm ein Unglück zu. Er war verärgert, hatte sich über sie aufgeregt. – Ganz gewiß, in dieser schrecklichen Winternacht geschah ihm ein Unglück. Noch nie hatte Pucki so viel innere Qualen durchmachen müssen wie in dieser Nacht. Sie mußte das Kopfkissen zweimal umwenden, weil es naß von vergossenen Tränen war, und noch immer flossen sie. – – –

Da – sie hob den Kopf. Das war er! Er kam zurück. War er gesund oder nicht? Sollte sie, wenn er das Schlafzimmer betrat, noch einmal bitten: Verzeihe mir? Nein, es war wohl besser, sie stellte sich schlafend. Sie wollte gewaltsam das Schluchzen unterdrücken. Claus sollte wenigstens seine Ruhe haben.

Pucki stellte sich schlafend, als er leise das Zimmer betrat. Aufs neue tat ihr das Herz weh, denn sie erkannte, mit welcher Rücksicht Claus zu Bett ging. Er wollte sie nicht wecken. Ein anderer Mann hätte, gerade weil er zornig war, vielleicht keine Rücksicht auf ihren Schlaf genommen. Ihr war der beste Mann geworden, den es auf Erden gab, und sie enttäuschte ihn.

Lange überlegte Pucki, ob sie morgen Claus abermals bitten sollte, er möge ihr verzeihen. Schließlich kam sie zu dem Entschluß, daß sie abwarten müsse, ob er mit ihr sprach. Vielleicht war er so böse, daß er sie für Tage nicht sehen wollte. Vielleicht gab es morgen noch eine Strafpredigt. Sie wollte alles hinnehmen, denn sie war ja die Schuldige.

Am anderen Morgen betrachtete sie ihren Mann verstohlen. Er sah ein wenig blaß aus. Ruhig und ernst begrüßte er sie, nahm die Zeitung zur Hand und las ihr auch einen Artikel daraus vor. Dann ging er hinüber ins Sprechzimmer, wo bereits Patienten auf ihn warteten.

Sein Schweigen ertrug Pucki nicht. Sie mußte einen Menschen haben, dem sie ihr Leid klagen konnte, den sie fragen sollte, was weiter geschehen würde. – Rose Teck, die auf der Schmanz verheiratete Freundin? Ach nein. – Rose Teck machte keine solchen Dummheiten, sie war dem Gatten in allen Lebenslagen eine wackere Gefährtin, eine zuverlässige Frau. Es mußte jemand sein, der Pucki durch und durch kannte, der Verstehen für ihre Wesensart besaß. So blieb nur die Mutter.

„Leb wohl, Claus“, flüsterte sie im Flur, „ach, daß ich dich bald wiedersehen dürfte. Vielleicht ist es ein Abschied für immer. Wenn Mutter mir heute sagt, daß ich nicht zu dir passe? – Ich weiß ja nicht, ob andere Männer auch so streng zu ihren Frauen reden. – Ach, unser großes Glück ist nun dahin.“

Pucki gab Emilie die nötigen Anordnungen, sagte ihr jedoch nicht, wann sie heimkehren würde. Sie machte nur eine dunkle Andeutung, daß es heute vielleicht länger dauern würde. Dann eilte sie davon.

„Dich werde ich nicht mehr küssen dürfen, du lieber, liebster Claus. Leb wohl – leb wohl – –" dachte sie.

Frau Sandler war von den Vorfällen in Weitendorf bereits durch ihre beiden Töchter genau unterrichtet. Pucki empfand es als Glück, daß Waltraut und Agnes in der Schule waren. So konnte sie ohne Zeugen mit der Mutter reden. Auch der Vater war nicht daheim.

Unter heftigem Weinen erzählte sie von dem Vorfall. Sie erzählte auch ohne ein Wort der Beschönigung, was ihr Claus gesagt hatte, daß er ihr zürne und ihr wahrscheinlich niemals vergeben würde.

„Ich habe ihm nicht nur Kosten gemacht, denn er muß das Auto ausbessern lassen und die Heimfahrt bezahlen. – Ich habe auch seine Gesundheit in Frage gestellt, da er jetzt, im kalten Winter, wieder mit dem Motorrad über Land fahren muß. – Das schlimmste aber ist, ich habe sein Vertrauen verloren. Er wird mich nicht mehr brauchen können. Er wird sich eine Hilfe nehmen, weil seine eigene Frau unzuverlässig ist. – Mutti, verzeiht er mir nie?"

Obwohl Frau Sandler das Verhalten ihrer Tochter tadelte, tat sie ihr doch herzlich leid. Ein erster Streit in der Ehe gilt den Beteiligten als etwas Furchtbares. Darin sind sich wohl alle jungen Frauen gleich. Sie glauben stets, daß nun das Glück zerbrochen ist. Was träumt man nicht alles, wenn man am Altar steht. Wenn aber die ersten dunklen Wolken heraufziehen, ist alles aus. So ging es heute auch Pucki. So war es Frau Sandler ergangen, so würde es noch vielen tausend anderen jungen Frauen ergehen, die die Zukunft nur in rosenrotem Lichte sehen.

„Er wird froh sein, Mutti, daß ich fortging. Er wird sagen: Nun bin ich sie los, auf die ich mich nicht verlassen kann."

In diesem Augenblick war es Frau Sandler schwer, das Lachen zu unterdrücken. Aber sie mußte ernst bleiben, galt es doch, Pucki erneut ernsthaft zu ermahnen, ihren Übermut zu zügeln.

„Pucki, wie kannst du so von Claus reden? Ich denke, du weißt, daß er dich liebt?"

„Mutti, ich habe ihn schwer enttäuscht, und über eine Enttäuschung kommt ein Mann sehr schwer hinweg."

Frau Sandler sprach lange und sehr ernsthaft mit ihrer Tochter. Es war schwer, die unglückliche junge Frau zu trösten.

„Ich ertrage es kaum, Mutti, ihm gegenüberzusitzen, wenn er ein so ernstes Gesicht macht. Ich weiß, er zürnt mir, und wenn er reden könnte, wie er wollte, würde er schön losdonnern. Aber er ist eben ein Ehrenmann. Und doch frißt es innerlich an ihm."

„Die Hauptsache ist, mein liebes Kind, daß du endlich einsiehst, daß eine Frau von zwanzig Jahren derartige Kindereien nicht mehr anstellen darf."

„Mutti, soll ich ihm das sagen?"

„Durch die Tat beweisen, Pucki."

„Wenn ich nun keine Gelegenheit zur Tat habe? – Wie lange wird er warten müssen, bis ich ihm einen Beweis erbringen kann? – Ach, Mutti, auch in Rahnsburg halten mich gar viele noch für ein ganz dummes Ding, für eine kindische Frau. Wenn doch ein Wunder geschähe, durch das ich zeigen kann, daß ich eine tüchtige Doktorsfrau sein will, die den Mitmenschen beisteht, ihnen hilft und die ihrem Manne wirklich eine rechte Hand wird."

Die Zeit verging, und immer noch machte Pucki sich nicht auf den Heimweg.

„Pucki, willst du nicht heimgehen?" mahnte Frau Sandler. „Es ist bald zwölf Uhr."

Aufs neue füllten sich die blauen Augen mit Tränen. „Von neun bis elf hat er Sprechstunden, dann macht er seine Besuche – vielleicht auf dem Motorrad, vielleicht auch zu Fuß. Vielleicht geht er auch zur Autoreparatur, denn der Wagen muß doch abgeschleppt werden. Und zwischendurch ärgert er sich über mich. Ich bleibe lieber noch ein wenig hier."

„Willst du schon wieder, nur aus Angst, deine übernommenen Pflichten vernachlässigen, mein Kind?“

„Ja, ja, hast recht, Mutter, ich gehe schon.“

„Mein liebes Kind, gewöhne es dir in Zukunft an, erst alles gründlich zu bedenken und dann zu reden oder zu handeln.“

„Ja, Mutti.“

Als Pucki eine halbe Stunde später in ihrer Wohnung eintraf, war der Gatte schon daheim. Er hatte heute keine Krankenbesuche gemacht, denn auch in ihm war eine leise Unruhe erwacht. Er wußte, daß Pucki unter seinen Vorwürfen schwer litt. Sie war fortgegangen und hatte Emilie einen unklaren Bescheid hinterlassen. Nun atmete er erleichtert auf, als sie heimkam.

„Wo warst du, Pucki?“

Ihr Gesicht hellte sich auf. Er gab ihr wieder den süßen Kosenamen und nannte sie nicht mehr Hedwig.

Sie ergriff seine Hand. „Bei der Mutter. Ich bitte dich noch einmal, Claus, vergib mir und versuche es wieder mit mir. Gewiß, ich habe dich enttäuscht, aber ich kann mich heute selbst nicht recht begreifen. – Ach, Claus, ich ertrüge es nicht, wenn ich wüßte, daß du mir dein Vertrauen nimmst. Deine Liebe ist mir nicht genug. Ich möchte dir doch so gern helfen. – Claus, was ich dir heute sage, kommt aus einem Herzen, das noch sehr weh tut. Du brauchst mir noch nicht zu vergeben, du kannst noch hart zu mir sein, bis ich dir durch die Tat bewiesen habe, daß deine Frau kein schlimmer Puck mehr ist. Aber versuche es noch einmal mit mir.“

Am liebsten hätte er sie an sich gezogen und herzlich geküßt. So reuig stand keine Sünderin jemals vor ihrem Richter, so kläglich klang wohl nie die Stimme einer Bittenden, wie jetzt die seiner jungen Frau. Er wußte, daß diese Stunde Pucki reifen ließ, er wußte auch, daß in ihrem Herzen wertvoller Samen aufging.

„Soll ich es wirklich nochmals versuchen?“

Pucki hörte trotz ihres Kummers den Schalk aus seinen Worten. Aber diesmal schlang sie nicht mit lautem Jubel ihre Arme um seinen Hals, sie sagte nur leise: „Du sollst es nicht bereuen, Claus. Ich danke dir.“

Pucki bewährt sich

Eine rote Nelke im Knopfloch, ein pfiffiges Lachen in den Augen, so stand Herr Wallner vor Frau Doktor Gregor.

„So – kleine Frau, morgen geht es zurück nach Eisenach. Vier volle Monate bin ich in Rahnsburg gewesen, nun sollen Sie mir bestätigen, daß aus dem Manne, den Sie einstmals nicht leiden konnten, ein netter, forscher alter Herr geworden ist. Bei Einsendung der Liquidation bitte ich um dieses Zeugnis, denn ich brauche es.“

„Sie sehen wirklich geradezu jung und unternehmungslustig aus, Herr Wallner. – Wozu brauchen Sie dieses Zeugnis?“

„Es soll meiner Braut bestätigen, daß ich tatsächlich ein netter Kerl geworden bin, mit dem man eine Ehe wagen kann.“

„Ihrer Braut –?“ fragte Pucki zweifelnd.

Der alte Herr zwinkerte lustig mit den Augen und wies auf die rote Nelke im Knopfloch seiner Jacke. „Sie ist schuld daran.“

„Wer ist schuld?“

„Erst lassen Sie uns einmal, wie schon so oft, eine gute Tasse Kaffee trinken, vorläufig die letzte. Aber es dauert nicht lange, dann trinken Sie in meinem Heim mit mir den Kaffee.“

„Zunächst sprechen Sie in Rätseln, Herr Wallner. – Braut, rote Nelke? Ach nein, nach Eisenach komme ich nicht so bald.“

„Ist gar nicht nötig! Ich kaufe mich hier an, ich baue mir hier ein Eigenheim, und hier – wird geheiratet.“

„Sie wollen noch einmal heiraten?“

„Ist das verwunderlich? Ich bin fünfundsechzig Jahre alt und fühle mich wieder frisch und gesund. Daheim bin ich überflüssig, mein Sohn hat seine gutgehende Möbeltischlerei, außerdem habe ich dort oft Streit gehabt."

Als Pucki nichts darauf antwortete, tippte er mit dem Finger auf ihre Wange. „Mal ehrlich, liebe, kleine Frau, der alte Großpapa hat Ihnen auch nicht gefallen."

„Gar nicht! – Aber der Herr Wallner von heute mit der roten Nelke im Knopfloch gefällt mir ganz gut."

„Ihr Mann trägt die Schuld, daß ich wieder ans Heiraten denke. Ich habe keine Lust, weiterhin allein zu sein. Ich habe die passende Frau gefunden."

„Vielleicht Fräulein Caspary?"

„Ja." –

„O du meine Güte! Meine einstige Lehrerin heiratet den Großpapa Wallner!"

„Das habe ich zuerst auch gedacht. Ich wußte wahrhaftig nicht, ob es die Meta oder die Rosalinde werden sollte. Beide sind sehr nett zu mir. Sie sorgten liebevoll für mich, genau so, wie man für einen Mann sorgen muß. So dachte ich mir, es wäre das beste, wenn ich wieder heiratete. Da ich aber die beiden Schwestern nicht trennen will und auch von meinem Arzt nicht fort mag, so kaufe ich mich hier in Rahnsburg an und bleibe für immer hier. – Holla, das paßt Ihnen wohl nicht?"

„O doch, lieber Herr Wallner!"

„Na, na, Fräulein Sandler – es sieht so aus – –"

„Großpapa!" Pucki drohte ihm mit dem Finger. „Wir wollen doch Frieden halten. – Zunächst will ich Ihnen also gratulieren. Fräulein Caspary wird vortrefflich für Sie sorgen. Hat sie denn gleich eingewilligt?"

„Ich glaube, alle beide hätten mich genommen. Ich habe lange Zeit geschwankt. Da kam mir der Zufall zu Hilfe. Heute früh kaufte die Rosalinde beim Gärtner einen Nelkenstrauß. Rote Nelken. Vielleicht wollte sie mir die Blumen mit auf die Reise geben, vielleicht auch etwas anderes damit sagen. Da stehen nun die beiden Schwestern im Zimmer, nebeneinander. Ich sehe die roten Nelken und sage: Mädchen, welche Nelken tragen, darf man küssen, ohne sie zu fragen. Mit ausgebreiteten Armen gehe ich auf die Schwestern zu. Die Meta reißt aus, die Rosalinde steht da und sieht mich an. Da habe ich sie in die Arme genommen und ihr ruhig und vernünftig gesagt, daß es mir lieb wäre, wenn ich wieder eine Frau hätte. Was soll solch alter Mann allein auf der Welt? Der Schwiegertochter will es auch nicht gefallen, den griesgrämlichen Großpapa zu pflegen. – Nun heirate ich."

„Herr Wallner, da wünsche ich Ihnen von ganzem Herzen Glück. Die Schwester meiner einstigen Lehrerin ist ein prächtiges altes Fräulein –"

„Alt?"

„Nein, nein, Herr Wallner, sie paßt zu Ihnen: Frisch, fröhlich und gesund."

Da lachte er und zeigte sich im Verlauf der weiteren Unterhaltung zugänglich und vergnügt.

Noch saßen die beiden beim Kaffee, als es klingelte. Der Rollkutscher brachte ein großes Frachtstück. Es war an Frau Doktor Gregor, geborene Sandler, adressiert. Pucki hielt es für richtig, das Frachtstück nicht sogleich näher zu untersuchen, solange Herr Wallner als Gast bei ihr weilte. Der hatte aber auch durchs Fenster den Rollwagen gesehen und forschte sogleich, was der Kutscher gebracht hätte.

„Die Neugier muß Ihnen mein Mann noch abgewöhnen, Herr Wallner, oder noch besser, Ihre künftige Frau, sonst gibt es ehelichen Zwist. Neugier ist eine schlimme Untugend."

„Ich habe meine Gründe, kleine Frau, ich will sehen, ob Sie sich über das Frachtstück freuen oder nicht."

„Ich habe keine Ahnung, was es sein könnte. Vielleicht schicken mir die Eltern etwas."

„Wollen Sie sich nicht wenigstens den Frachtbrief ansehen?"

Pucki tat es. Aus Eisenach kam der Lattenverschlag, als Teetisch war das Frachtstück bezeichnet.

„An mich?"

„Ja, aus unserer Tischlerei. Eine kleine Freude wollte ich Ihnen doch machen. Erinnern Sie sich, daß Sie einmal in der Wohnung meines Sohnes den fahrbaren Teetisch bewunderten?"

„Ja, und damals hatten Sie mich mächtig ausgescholten."

„Das ist das Zeichen unserer dauernden Versöhnung, liebe kleine Frau. Der Tisch ist der Dank von mir an Sie. Ich habe es nicht vergessen, jenes Mittagessen, zu dem Sie mich einluden. Vor allen Dingen aber jenes Gedicht, das mir Ihr gutes Herz offenbarte. Ich trage es heute noch mit mir herum."

„Ach – das Gedicht – –"

„Ja, Pucki Sandler, das war hübsch von Ihnen. ›Hab' ich dich gekränkt, vergib, du weißt es ja, ich hab' dich lieb.‹ – So etwas ist mir nicht oft gesagt worden. Ich kann mir denken, daß keiner den nörgelnden Alten leiden mochte. Ich habe Ihnen viel Leid zugefügt, das sehe ich heute ein, aber Sie haben sich bewährt. Ihr guter Charakter zeigt sich in dem Vers. Von da ab bin ich in mich gegangen. Wenn mich der Unmut packte, habe ich mir das Gedicht vorgeholt, und so bin ich, so glaube ich wenigstens, langsam ein anderer Mensch geworden."

„Das Gedicht und das Schlafpulver –, ach, Herr Wallner!" Pucki schwankte, sollte sie dem alten Herrn ein Geständnis machen und ihm sagen, daß das Gedicht für ihren Claus bestimmt war, und daß das Schlafpulver aus Zucker und Salz mit etwas Kaffee vermischt gewesen sei? – Noch glaubte sie nicht ernsthaft an die völlige Genesung des alten Herrn. Vielleicht richtete ihre ehrliche Beichte nur neuen Schaden an. Es war wohl besser, wenn sie noch schwieg.

Der Teetisch wurde ausgepackt. Pucki klatschte erfreut in die Hände. „Solch einen Teetisch wollte ich schon lange haben! Nun steht er vor mir!" Stürmisch ergriff sie beide Hände des alten Herrn und sprudelte Worte herzlichen Dankes hervor. Und Großpapa Wallner freute sich mit der jungen Frau und meinte:

„Es ist mein Dank für alles, was Sie für mich taten."

Nach der Sprechstunde kam Doktor Gregor ins Wohnzimmer. Seine größte Freude galt Herrn Wallner, der wirklich in den vier Monaten seines Aufenthaltes in Rahnsburg ein anderer geworden war, dessen Nerven mehr und mehr zur Ruhe kamen. Im Laufe der Unterhaltung erfuhr Claus von den weiteren Plänen seines Patienten. Er konnte dem alten Herrn nicht unrecht geben. Wenn es ihm in Rahnsburg gut gefiele, wenn er sich daheim überflüssig fühlte, warum sollte er sich nicht noch einen friedlichen Lebensabend schaffen, umsorgt von einer treuen Kameradin?

Beim Scheiden äußerte Herr Wallner, er freue sich auf die Zukunft, er freue sich ganz besonders darauf, daß er auch weiterhin Pucki sehen könne, diese prächtige kleine Frau, die sich in ihrer jungen Ehe so vortrefflich bewähre.

„Bewährt –?" sagte Pucki gedehnt. „Ich gebe mir wohl Mühe, doch leider klappt es nicht immer. – Nicht wahr, Claus, ich habe dir schon manche Unannehmlichkeit bereitet."

„In den letzten beiden Monaten nicht, Pucki. – Im Januar freilich. Die Sache mit dem Auto war dein letzter unbedachter Streich. Seit dieser Zeit habe ich nichts an dir auszusetzen."

Die blauen Augen strahlten: „Ich wollte, es bliebe immer so, aber – ein Arzt muß auf Überraschungen gefaßt sein." –

In Rahnsburg war längst die Stimmung zugunsten der jungen Frau Doktor Gregor umgeschlagen. Nur wenige behaupteten nach wie vor, daß sie nie eine tüchtige Arztfrau abgeben würde. Die Sache mit dem Auto war natürlich auch in aller Munde gewesen, und böse Zungen behaupteten, mit ihren unnützen Fingern mache die junge Frau alles entzwei. Aber Pucki nahm ihr Versprechen, das sie damals dem Gatten gegeben hatte, sehr ernst. Sie war mit ihren Äußerungen nicht mehr so vorwitzig und handelte nach dem Rate der Mutter: Erst überlegen, dann reden und handeln. Sie hatte sich sogar so weit überwunden, dem Gatten im Sprechzimmer zur Hand zu gehen. Es war ihr nicht leicht geworden, aber ihr fester Wille half ihr, darüber hinwegzukommen. Nun war Ostern gekommen, das erste Osterfest im eigenen Heim. Claus hatte ihr ein prachtvolles Osterei geschenkt, das die Aufschrift trug: „Meiner tüchtigen Frau."

Obwohl Frau Doktor Gregor im eigenen Haushalt ausreichend zu tun hatte, war sie immer gern bereit, hier und da helfend einzuspringen und ihr Können und ihre Fähigkeiten in den Dienst der guten Sache zu stellen.

Besonders bei Veranstaltungen, die für Kinder stattfanden, holte man die junge Frau des Arztes herbei. Es war doch allgemein bekannt, daß sie zwei Jahre lang ein Kindergärtnerinnen-Seminar mit Erfolg besucht hatte. Fast täglich konnte man erkennen, wie kinderlieb Frau Doktor Gregor war. Immer traf sie den rechten Ton den Kleinen gegenüber, und oftmals kamen Mütter zu ihr und baten um freundliche Hilfe.

Zum Osterfest hatte es in Puckis Garten ein gar fröhliches Ostereiersuchen gegeben. Sie hatte stets eine offene Hand für die Armen und Bedürftigen, sie schränkte sich mitunter selbst ein, um anderen eine Freude bereiten zu können. Claus hinderte sie nicht daran, denn auch er war der Meinung, daß jeder seinem Mitmenschen nach Kräften beistehen müsse. Noch heute sprachen die Kleinen von dem schönen Ostertag, an dem sie die süßen Eier im Gregorschen Garten gesucht hatten. Die Eltern drückten erfreut der jungen Frau die Hand und sagten, es sei ein Glück, daß solch eine gute Arztfrau nach Rahnsburg gekommen sei.

Nun plante man in der Kreisstadt ein Frühlingsfest. Es war für die ersten Maitage angesetzt. Kinder, die sich zu dieser Zeit in den dortigen Erholungsheimen befanden, sollten eine schöne Erinnerung von ihrer Reise mit in die Heimat nehmen. Der Landrat und der Bürgermeister wandten sich auch an Frau Gregor mit der Bitte, die freundlichen Helferinnen zu unterstützen. Sie möge mit einer Anzahl Rahnsburger Kinder herüberkommen und zum Gelingen des Festes beitragen.

Pucki sagte freudig zu. Es war nicht schwer, nach der Kreisstadt hinüberzufahren. Sie hatte inzwischen ihre Prüfung in der Fahrschule bestanden. Nun lenkte sie selbst mit sicherer Hand den Wagen.

„Ich werde es so einrichten, lieber Claus, daß weder du noch mein Haushalt vernachlässigt werden. Hier gilt es, vielen Kindern eine Freude zu bereiten, und dabei möchte ich nicht fehlen."

So fuhr Pucki an den nächsten Tagen mehrfach nach der Kreisstadt und stand mit Rat und Tat der Veranstaltung zur Seite. Gern hörte man auf ihre Vorschläge. Man erkannte sogleich, daß die junge Frau es verstand, mit einer großen Kinderschar umzugehen. Außerdem entsprangen in Puckis Kopf viele wertvolle Gedanken, die sich leicht verwirklichen ließen.

„Die Hauptsache ist, daß wir Sonnenschein haben", sagte sie, „damit wir draußen auf dem Spielplatz Spiele veranstalten können. Um fünf Uhr ziehe ich mit meiner Kinderschar hinein in den Saal, helfe rasch hinten auf der Bühne den Erwachsenen beim Ankleiden, und dann kann das Theaterstück beginnen."

Der Saal, in dem die Vorstellung stattfinden sollte, mißfiel Pucki. Es war ein alter Bau mit wenig Türen und engen Sitzreihen, auch die Bühne war reichlich unpraktisch eingerichtet. Um dem Saal ein freundliches Aussehen zu geben, wurde er von den jungen Helferinnen mit Fähnchen und Papiergirlanden reich geschmückt. Diese Ausstattung fand Puckis Beifall ganz und gar nicht, denn sie liebte Papiergirlanden nicht. Trotzdem wollte sie die Ausschmückung nicht bemängeln.

Endlich war der große Tag herangekommen. Claus fuhr mit seiner jungen Frau und den beiden Schwägerinnen Waltraut und Agnes im Auto hinüber nach der Kreisstadt.

„Diesmal spiele ich nicht mit dir: ›Fuchs, du hast die Gans gestohlen‹, liebe Frau. Ich will die Gelegenheit benutzen, meine Bekannten aufzusuchen."

„Aber die Theatervorstellung siehst du dir an, Claus. Sie beginnt pünktlich um fünf Uhr."

„Wird denn Platz für mich sein? Ich denke, es kommen einige hundert Kinder?"

„Du kommst gewiß noch in den Saal, es wird sehr hübsch sein. Die Bühne ist mit hellgrünem Tarlatan dekoriert, aus Kreppapier sind Rasenbänke gemacht, kurzum, es sieht furchtbar duftig aus, genau wie im Frühling."

„Das wird ja herrlich sein!" lachte er.

„Aus Watte und Seidenpapier sind blühende Kirschbäume vorgetäuscht. Wenn dann die Frühlingsgöttinnen zum Tanz kommen, wird es ein einziger Duft sein. Sie tragen weite, zarte Gewänder und Reifen, mit Blumen geschmückt, in den Händen."

Man hatte tatsächlich keine Mühe gescheut, den Kindern etwas Schönes und Eindrucksvolles zu bieten.

Aus den Kinderheimen waren alle Kinder vollzählig erschienen. Die junge Schar war mit ganzer Seele beim Spielen. Ein frohes Lachen und Scherzen herrschte draußen auf dem weiten Platz. Mancher Kinderfinger wies hinüber nach dem langgestreckten Holzbau.

„Dort wird nachher Theater gespielt. Um fünf Uhr dürfen wir hinein."

Pucki glühte vor Eifer. Sie war heute so recht in ihrem Element und fühlte sich vollkommen glücklich. Sie hatte die schönsten Spiele ausgedacht und die Helferinnen genau unterrichtet. So klappte alles vortrefflich. Manches anerkennende Wort klang an ihr Ohr.

„Aufstellen zur Schlange", klang jetzt ihre helle Stimme über den Spielplatz. „Nun paßt recht gut auf. Immer zwanzig Kinder fassen sich an der Hand, so ziehen wir im Laufschritt hinein in den Saal. Ihr tretet in vierzehn Reihen an. Das sind die Kinder, die drüben von jenem Eingang dort in den Saal spazieren, die andere Hälfte, wieder vierzehn Reihen zu je zwanzig Kindern, kommen von dieser Seite in den Saal. Es wird so gemacht: Die erste Schlange, die von links hereinkommt, besetzt Reihe eins, gleichzeitig zieht durch die gegenüberliegende Tür, von unserer Seite her, Schlange zwei. Dann folgt Reihe drei wieder von drüben, Reihe vier von uns aus. Und so fort, bis der Saal besetzt ist. Also gut aufgepaßt. Ihr habt in jeder Reihe eine Helferin, die euch anführt. Ist es allen klar?"

„Ja", klang es vielstimmig zurück.

Auch Waltraut zählte zu den Helferinnen. Sie hatte die neunte Reihe anzuführen.

Nochmals mahnte Pucki zur Ordnung, und schon bildeten sich die Reihen. Eine Kindergärtnerin aus der Kreisstadt führte ihre vierzehn Reihen nach links herum, zum jenseitigen Eingang des Saales. Dann wurden nochmals die Kinder überzählt, und jede Schlange bekam als Kopf eine Helferin.

„Ich verlasse euch", sagte Pucki, „denn ich muß hinter die Bühne gehen. In zehn Minuten beginnt die Vorstellung. Und nun zeigt, daß ihr folgsame und aufgeweckte Kinder seid und den Saal schnell aber ohne Lärmen füllen könnt. Die drei Reihen, die es am besten machen, bekommen eine Belohnung."

Ein Kommandoruf ertönte, Pucki blieb noch einige Augenblicke stehen, um zu sehen, wie ihre Anordnung klappte. Trotz der schmalen Türen ging alles prachtvoll. Die Kinder bemühten sich, leise und rasch ihre Stuhlreihen zu finden, und schon nach wenigen Minuten war der Saal bis auf den letzten Platz gefüllt.

Pucki stand hinter der Bühne. Wie schön alles gemacht war! Obwohl alles nur aus Stoff und Papier war, schien es wirklich nach Frühling zu riechen. Die Frühlingsgöttinnen in ihren duftigen Gewändern kicherten. Zwischen ihnen stand ein junger Mann, der als Lenz angezogen war. Pucki rückte gerade eine Rasenbank zurecht, da sah sie, wie sich der junge Mann eine Zigarette anzündete.

„Sie werden hier doch nicht rauchen", rief sie, „rasch, fort von der Bühne und die Zigarette ausgemacht."

Wie das Entsetzliche geschah, wußte später keiner. Wahrscheinlich war ein Funke an das Papier oder an den leichten Stoff gekommen. In dem kleinen Raum, der sich an die Kulissen anschloß, entstand plötzlich Feuer. Pucki sah nur, wie eine der Frühlingsgöttinnen die Tür, die hinaus ins Freie führte, aufriß und gellend schrie. Die geöffnete Tür ließ einen Luftzug hereinkommen, die Zweige der Kirschbäume auf der Bühne bewegten sich, und plötzlich sah Pucki, wie eine Flamme danach züngelte.

Die Mitwirkenden und der junge Mann hatten bereits die Flucht ergriffen. Pucki stand noch auf der Bühne. Ihr erster Gedanke war, nach Hilfe zu rufen, damit das Feuer, das im Nebenraum ausgebrochen war, erstickt wurde. Der Raum stand in engster Verbindung mit der Bühne, keine Tür war vorhanden. Sollte sie die züngelnden Flammen ersticken? Aber womit? Nur leicht brennbarer Stoff hing umher.

Der Holzbau – die vielen Kinder draußen im Zuschauerraum, die engen Türen! Wenn das Feuer den Papierkram erfaßte – und es mußte ihn erfassen –, wenn die Flammen bis zu den Papiergirlanden züngelten, die den Saal schmückten, brach eine furchtbare Panik aus, der unzweifelhaft Kinder zum Opfer fallen mußten. Drei Damen, die sich in der anderen Garderobe aufhielten, eilten herbei. Eine von ihnen weinte, eine zweite rief nach Wasser. Die dritte klammerte sich an Frau Doktor Gregor.

„Feuer – Feuer, was beginnen wir?"

Im Saal herrschte lautes Stimmengewirr. Die ahnungslosen Kinder waren voll Erwartung. Sie hörten die Rufe hinter der Bühne nicht.

„Wasser! – Nein, kein Wasser! Sand oder Decken! – Die Feuerwehr muß gerufen werden!" Während Pucki diese Worte rief, überlegte sie, was sie weiter beginnen sollte. Jede Sekunde war kostbar. Sie sah zwei Männer, Herren vom Festausschuß, die von den Wänden die Dekorationen rissen. Sie hörte Worte, die ihr das Blut schier erstarren ließen:

„Es gibt ein furchtbares Unglück!"

Beim Löschen helfen? Aber auch ihr Kleid war dünn und würde rasch Feuer fangen. Vor ihr hing der große, schwere Vorhang, der die Bühne vom Zuschauerraume trennte. – Wenn man ihn herunterreißen könnte, wenn man den schweren Stoff auf die züngelnden Flammen warf? Doch das beanspruchte Zeit. Inzwischen brannte die Bühne lichterloh.

Die Kinder sind in Gefahr! Dreihundert Kinder oder mehr! Pucki wußte nicht, wieviel Zeit seit Ausbruch des Feuers vergangen war. Es konnten nur Sekunden sein. Sie sah Männer und hörte Rufe. Da eilte sie kurz entschlossen vor den Vorhang, schloß sorgfältig die breiten Falten hinter sich zu und klatschte in die Hände. Sofort verstummte das erregte Summen und Schwatzen der Kinder.

Jetzt half nur eines: Ruhe und Überlegung. Sie fühlte ihre Knie zittern, sie glaubte hinter sich das Feuer auflodern zu sehen.

„Wir spielen noch einmal Schlange", rief sie durchdringend in den Saal. „Aufstehen, die Vorstellung findet erst in einer Stunde statt. Rasch, die Schlangenreihen bilden! Hinaus! – Hinaus! – Schnell, ich will sehen – – ob ihr es gut macht – –!"

„Feuer!" schrie hinten eine Stimme.

Da rief Pucki noch lauter, so laut, daß sie glaubte, die Kehle müsse ihr platzen: „Die Schlange eins geht hinaus – schnell, hinaus – Schlange zwei folgt nach links, Schlange drei geht nach rechts. – Etwas schneller!"

„Wir schaffen es nicht mehr!" Es war eine Männerstimme hinter dem Vorhang. „Wir müssen es brennen lassen."

Die ersten Reihen waren geräumt. Puckis Augen gingen über die Kinderschar. Sie merkte wohl, wie einige der Helferinnen die Luft einzogen. Manche stutzten. Eine lief plötzlich hinaus, drängte sich zwischen den Kindern hindurch.

Puckis Angst wuchs ins Uferlose. Wenn jetzt nur eine der Helferinnen den Ruf „Feuer!" ausstieß, war alles verloren.

„Reihe sechs", scholl es laut aus ihrem Munde. Sie glaubte schon ins helle Feuer zu sehen, so wirbelten die Kreise vor ihren Augen. Doch unbeweglich stand sie vor dem Vorhang. „Reihe acht – Reihe neun nach links!“

Draußen wurde es unruhig. Sie hörte das Schreien der Kinder. Vielleicht sahen sie den Rauch hervordringen.

„Die Schlange singt ein Lied“, klang es wieder. Pucki stimmte ein Marschlied an. Die Kinder stimmten ein, und so war die Gefahr beseitigt, daß die Kleinen das aufgeregte Rufen von draußen vernahmen.

„Feuer – Feuer!“ klang es. Der Gesang der Kinder ließ nach. Aber nur noch sechs Reihen waren im Theater. Pucki stand noch immer vor dem Vorhang. Bald sang sie, bald rief sie ihre Befehle. Unerträgliche Hitze verbreitete sich um sie her. Sie hörte eine Stimme.

„Frau Doktor Gregor, retten Sie sich! Die Bühne brennt lichterloh.“

Noch vier Reihen! – Der Gesang war verstummt, die Kinder voller Unruhe. Eine Helferin begann jetzt zu schreien:

„Feuer, Feuer, der Saal brennt.“

Pucki sprang hinab in den Zuschauerraum. Sie eilte den Kindern nach, derer sich plötzlich wildes Entsetzen bemächtigte.

„Unsinn, nichts brennt. Wir machen nur – eine Probe!“ Schon hatte sie einen Knaben erfaßt. Ihr war zumute, als könnte sie die Füße nicht mehr vom Boden heben. Die Kinder faßten sich nicht mehr an den Händen, sie begannen zu schreien und drängten nach dem Ausgang. Diejenigen, die erregt hin und her liefen und den Ausgang nicht fanden, wurden von Frau Doktor Gregor ergriffen und hinausgejagt.

Warum ging sie nicht hinaus? Sie sah die leeren Stuhlreihen, sie sah jetzt sogar das Feuer, das an dem Vorhang emporzüngelte. Sie stand und beobachtete das Werk der Vernichtung. Dicker Qualm wälzte sich ihr entgegen.

„Pucki – Pucki!“ Das war die Stimme ihres Claus. Sie sah ihn in der Tür erscheinen, er lief auf sie zu und hielt sie fest. Sie war müde, sterbensmüde. Erst jetzt machte sich die Aufregung bemerkbar.

„Kein Kind ist mehr im Saal. – Claus, die Schlange – die Schlange!“

„Pucki – –“

Er hob sie vom Boden auf. Auf seinen starken Armen trug er seine tapfere Frau hinaus ins Freie. Pucki sah die Feuerwehr, die gerade vom Wagen sprang, sah die hellen Flammen aus dem Dache schlagen.

„Claus“, sagte sie mit einem süßen Lächeln, „kein Kind ist mehr im Saal. Sie sind als Schlangen brav hinausgegangen. – Claus, ich bin sehr müde.“

Sie schloß die Augen und legte den Kopf an seine Schulter.

„Pucki, liebe prachtvolle Frau! – Pucki, mehrere hundert Mütter danken dir das Leben ihrer Kinder. – Pucki – wer gab dir die Kraft?“

Sie schlug die blauen Augen zu ihm auf. „Claus“, sagte sie leise und innig, „ich will auch einmal Mutter werden! – Für unsere Kinder müssen wir alles wagen. An unser Kindchen dachte ich, als ich vor dem Vorhang stand. Ich dachte an die vielen Mütter, die uns ihre Kinder heute anvertrauten. – Claus, bist du nun mit mir zufrieden? – Claus, kannst du dich nun auf deine Frau verlassen?“

„Pucki, meine prächtige, heißgeliebte Frau!“

Sie sah beglückt zu ihm auf. Viele Menschen umringten sie später, doch immer wieder suchten ihre Augen die des Gatten. Mit welchem Stolz er sie heute ansah!

Das machte sie unaussprechlich glücklich.